大家小书

《儒林外史》简说

何满子 著

北京出版集团
文津出版社

图书在版编目（CIP）数据

《儒林外史》简说 / 何满子著 . — 北京：文津出版社，2020.9

（大家小书）

ISBN 978-7-80554-727-5

Ⅰ. ①儒… Ⅱ. ①何… Ⅲ. ①《儒林外史》—小说研究 Ⅳ. ① I207.419

中国版本图书馆 CIP 数据核字（2020）第 105462 号

总 策 划：安　东　高立志　　责任编辑：高立志　侯天保
责任印制：陈冬梅　　　　　　装帧设计：金　山

· 大家小书 ·

《儒林外史》简说
《RULIN WAISHI》JIANSHUO

何满子　著

出　　版	北京出版集团
	文津出版社
地　　址	北京北三环中路 6 号
邮　　编	100120
网　　址	www.bph.com.cn
总 发 行	北京出版集团
印　　刷	北京华联印刷有限公司
经　　销	新华书店
开　　本	880 毫米 × 1230 毫米　1/32
印　　张	7.875
插　　图	9
字　　数	135 千字
版　　次	2020 年 9 月第 1 版
印　　次	2023 年 5 月第 2 次印刷
书　　号	ISBN 978-7-80554-727-5
定　　价	48.00 元

如有印装质量问题，由本社负责调换
质量监督电话　010-58572393

何满子先生闲坐书房"一统楼"

何满子（左）在故乡富阳黄公望故居的竹林里，中为《三国演义》学会副会长沈伯峻，右为富阳市文联主席蒋增福

在电视专题艺术片《三国梦》中与孙道临对谈三国历史的一个镜头

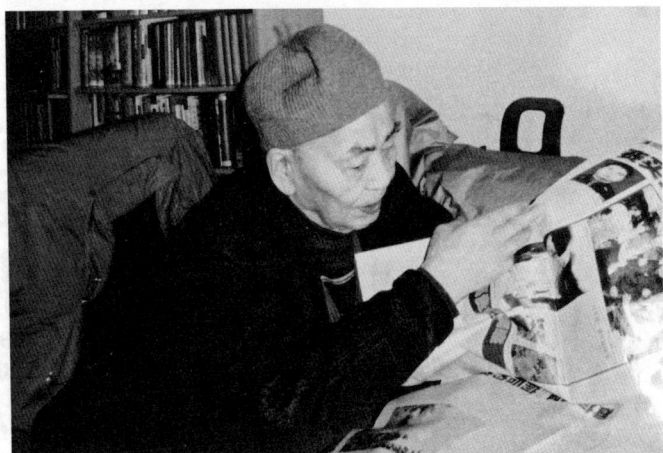

何满子先生每天的功课，读书看报

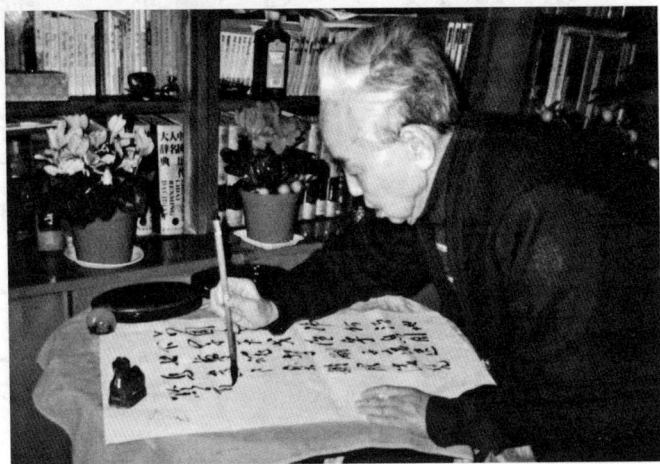

何满子先生在书房"一统楼"中秀书法

滋樱的生息和培养使他永人生

剥蚀常青田园诗的色调，连写

市井也要著牧歌风。这无须深探

文心才能赏会。然而是吴敬梓毕

竟是小农经济社会的士大夫钟

毓他的斯土斯民是他绘写的背景

若幸此意，则亞家张以永描写人物

之先例曾于熙染山水，怕而不要道

理。而且，传统文化危机阴影下的

人物，也未必比自然景物更多些

诗意吧！

庚辰春　何满子撰

2000 年春何满子先生撰写的《儒林外史组画小引》

儒林外史组画小引

吴敬梓是第一个察觉中国传
统文化危机的智者，儒林外史是
第一部揭示文化病说者十大支形相
的图像画，并通过士大夫形相折射
出中国社会的末世景象，反照出传
统文化的源远危机。

继吴敬梓百年鹭鸶觉中国文化危
机的有龚定庵。但吴敬梓的诉说
并非龚定庵式的大呼疾呼，剑拔
弩张，而是鲁迅所说的无而多讽

2006 年秋何满子先生手写自作七言律诗（题全椒吴敬梓旧居）

总　序

袁行霈

　　"大家小书"，是一个很俏皮的名称。此所谓"大家"，包括两方面的含义：一、书的作者是大家；二、书是写给大家看的，是大家的读物。所谓"小书"者，只是就其篇幅而言，篇幅显得小一些罢了。若论学术性则不但不轻，有些倒是相当重。其实，篇幅大小也是相对的，一部书十万字，在今天的印刷条件下，似乎算小书，若在老子、孔子的时代，又何尝就小呢？

　　编辑这套丛书，有一个用意就是节省读者的时间，让读者在较短的时间内获得较多的知识。在信息爆炸的时代，人们要学的东西太多了。补习，遂成为经常的需要。如果不善于补习，东抓一把，西抓一把，今天补这，明天补那，效果未必很好。如果把读书当成吃补药，还会失去读书时应有的那份从容和快乐。这套丛书每本的篇幅都小，读者即使细细地阅读慢慢地体味，也花不了多少时间，可以充分享受读书的乐趣。如果把它们当成补药来吃也行，剂量小，吃起来方便，消化起来也容易。

我们还有一个用意，就是想做一点文化积累的工作。把那些经过时间考验的、读者认同的著作，搜集到一起印刷出版，使之不至于泯没。有些书曾经畅销一时，但现在已经不容易得到；有些书当时或许没有引起很多人注意，但时间证明它们价值不菲。这两类书都需要挖掘出来，让它们重现光芒。科技类的图书偏重实用，一过时就不会有太多读者了，除了研究科技史的人还要用到之外。人文科学则不然，有许多书是常读常新的。然而，这套丛书也不都是旧书的重版，我们也想请一些著名的学者新写一些学术性和普及性兼备的小书，以满足读者日益增长的需求。

"大家小书"的开本不大，读者可以揣进衣兜里，随时随地掏出来读上几页。在路边等人的时候，在排队买戏票的时候，在车上、在公园里，都可以读。这样的读者多了，会为社会增添一些文化的色彩和学习的气氛，岂不是一件好事吗？

"大家小书"出版在即，出版社同志命我撰序说明原委。既然这套丛书标示书之小，序言当然也应以短小为宜。该说的都说了，就此搁笔吧。

何满子的悲喜人生与他的《儒林外史》研究

张国风

一、坎坷的一生

何满子原名孙承勋。他出生于 1919 年，如果他活到今天，那就是 101 岁了。何满子是浙江富阳人，富阳是一个山清水秀的地方，是江南的人文之乡。何满子于 2009 年去世，享年 91 岁。他的一生，三分之一在解放前，三分之二在解放后。他家是富阳的一个大家族，何满子从小受过很好的教育。据他自己回忆，那是一种中西结合的教育："当年我家有 3 位家庭教师，教文史的是前清副榜，教数理化和外语的都是剑桥留学生。其中一位先生说，我的水平早够得上剑桥毕业生了。"由此可见，何满子家境富饶，家里对他的教育非常重视。国学的教育和西洋的数理化逻辑结合，必定能够发生奇妙的化学反应。他在解放前担任过衡阳《力报》记者、南京《大刚报》记者、天津《益世报》驻南京特派员。记者的生涯，与三教九流都会有所接触，使他见多识广，视野开阔。他还到过延安，参加过抗日战争、解放战争。

解放初，何满子曾任《上海自由论坛晚报》总编辑、大众书店编辑、震旦大学中文系教授。作为一个旧社会培养的知识分子，何满子成为历次运动整肃的对象。1955年震撼文化界的"胡风大案"、1957年的"反右"，以及后来的"文革"，他都没有得以幸免。他与胡风没有见过面，在毫无思想准备的情况下，莫名其妙地被卷了进去，锒铛入狱。无妄之灾，从天而降。最后，查无实据，他恢复了自由，却又没有明确的结论。他没有想到，那长达20多年的厄运，刚刚揭开序幕。1957年"反右"，"胡风分子"的"前科"，又使他"顺理成章"地戴上了右派的帽子。他被开除公职，全家被发配到宁夏的贺兰山下。1962年，他回到上海。不久，史无前例的"文化大革命"爆发，他更是在劫难逃，被红卫兵遣送回富阳老家种地，直到1978年他又回到上海。具有讽刺意味的是，随着政治空气的松动，厚积薄发，他从花甲之年以后，却进入了一生中创作的丰收期。30年间，竟写了50部书。他感慨地说，他的生命是从60岁开始的。这大致就是何满子的悲喜人生。他最后的工作单位是上海古籍出版社，专业职务是编审。难能可贵的是，一次次的劫难没有把他击倒，逆境之中，他没有颓废之想。何满子始终认为，他没有错，是整他的人错了。他研究过美学，具有理论的修养。他受到鲁迅很深的影响，具有独立思考的精神，绝不随波逐流，人云亦云。鲁迅是他一生敬重的思想家、文学家。他从鲁迅那里汲取了丰富的营养和对抗逆境的力量。何满子有坚实的文史功底，艺术的感受非常敏锐和丰富。坎坷的经历加深了他对社会的认识，使他在内心深处始终保持着与弱势群体的精神联系。这种种因素加在一起，使他在杂文的创作和古典小说的研究中做出了独特的贡献。

二、何满子与《儒林外史》的缘分

何满子在文化史上的定位是一个著名的杂文家。但我们在这里要介绍的是他在《儒林外史》研究方面的成果。这些成果包括他的著作《论儒林外史》和几篇有关《儒林外史》的文章。

1954年，适逢吴敬梓逝世200周年，两年之间，出现了一个研究《儒林外史》、纪念吴敬梓的高潮。1954年11月，何满子的力作《论儒林外史》出版，这是新中国成立以来第一部《儒林外史》研究论著。全书3.9万字，分9个论题，对吴敬梓及其《儒林外史》作了研究与评价。12月11日，中国作家协会在北京举办了"吴敬梓逝世二百周年纪念会"，与会人员达800余人，会议由中国作家协会主席茅盾主持并致开幕词，何其芳作了有关吴敬梓与《儒林外史》的专题报告。为配合纪念活动，作家出版社同时出版了《儒林外史研究论集》。其中收集了何其芳、吴组缃师、姚雪垠等一批著名学者的论文。1957年，何泽翰的《儒林外史人物本事考略》问世。何满子对《论儒林外史》做了修订和补充，再次出版，字数增加到6万多字。这些专著和论文的发表，是解放后研究《儒林外史》和吴敬梓的第一批丰硕成果，为以后的《儒林外史》及吴敬梓研究奠定了很好的基础。其中何满子的《论儒林外史》给学界留下了深刻的印象。以后的几十年里，他又有一些论文，对《儒林外史》作了进一步的分析。因为他的坎坷经历，那种刻骨铭心的心灵折磨，使他对《儒林外史》所描写的世态人情、吴敬梓的创作心态有了更深的体会。

三、何满子《儒林外史》研究的价值

我们很容易发现，何满子对《儒林外史》的分析，受到了鲁迅很大的影响。或者说是启发。可是，他依然有自己独特的贡献。

何满子对《儒林外史》有极高的评价，他将《儒林外史》和《红楼梦》并列为"两部前无古人的杰作"，"是现实主义叙事艺术的丰碑，中国小说史上空前的讽刺小说的杰构"。他指出《儒林外史》的创新精神，认为《儒林外史》是一种开拓型的长篇小说："他打破了传统小说由少数主要人物和基本情节为轴心而构成一个首尾连贯的故事的格局"，"各色人物都随着环境、地位、人物之间的关系之改变而改变着他们的性格特征，流动不拘而又具有内在的统一性，在性格的发展中体现着深刻的、流动着的社会关系的内容"。许多人都遗憾于《儒林外史》那种连环短篇式的结构，而何满子则认为是吴敬梓的出色创造。这是值得我们深长思之的。

对于小说人物原型和本事的考证研究，何满子所持的立场至今仍有参考的价值。他一方面认为，"没有真实的人物和事件做模特儿，没有实际生活基础，任何作家也写不出成功的小说来"；另一方面，他又提出，"（小说里的人物）都是经过了艺术变形的，都不宜自然主义地与真人真事一一对照"。这一点，显然是受到了鲁迅的启发。鲁迅对《红楼梦》研究中的"自传说"抱着类似的态度。

何满子指出《儒林外史》鲜活的生命力："严贡生的狐假虎威、贪鄙刻薄及其严监生的吝啬，他的苦心保护他的财产，以及兄弟之间因财产攘夺所构成的妻妾、郎舅之间争斗的精彩图画，甚至同今天的社会生活对照，都还是真实而新鲜的"，"（匡超人）这样的灵魂至今也不少有，是一个极耐时间磨洗的典型人物"，"直到今天，《儒林外史》的景象还这里那里地活在现实生活中，并由此证实了《儒林外史》的艺术生命力"。

何满子具有美学的修养，有理论的兴趣，所以他对《儒林外史》的分析，常常具有美学的思辨色彩："喜剧的根底是悲剧，如果作家没有博大仁厚、悲天悯人的菩萨心肠，讽刺便会变成冷嘲或油腔滑调，喜剧便会变成闹剧或插科打诨。"

何满子的研究，秉承一种科学的实事求是的态度。他很欣赏《儒林外史》，尤其是吴敬梓的讽刺艺术，但是，他并不为尊者讳："他（吴敬梓）的家产可说是半出卖半被骗地送光的"，"作者只能凭着理念制造模型，飘荡在自作多情的乌托邦里，比起有血有肉的揭露时弊的辛辣讽刺来，后半部的许多情节便陷于形象干瘪，人物扁平，诗趣索然，缺乏生命力了"。何满子特别强调，分析作家作品要尊重作品："理解作品，更应该直接从作品本身入手，而且即便是研究作家，也还是必得从作品追溯上去，回头归结到作品，并以作品为主要的根据。"这在现在，或许已经成为一种共识，但在当时，在那个不顾作品的客观描写，不顾作品给人的艺术感受，动辄给作品贴上一个政治标签的时代，这一见解还是很可贵的。

当然，何满子的《儒林外史》的研究并非没有缺憾，他对胡适《儒林外史》研究的尖刻的抨击是有失公正的。胡适的《吴敬梓传》《吴敬梓年谱》，有开拓之功，不容抹杀。可是，当时的风气就是如此，学术的政治化成为常态，何满子的这点偏激之论，多半是要那个时代来负责的。

综观何满子的坎坷人生以及他的《儒林外史》研究，我们都可以发现一种可贵的独立思考、不随俗更不媚俗的精神。这种独立思考，给他带来了坎坷和磨难，也带来了犀利的见解，思想的火花。

2020 年 5 月 30 日

目　录

001 / 《儒林外史》简说

019 / 论《儒林外史》

019 / 一、吴敬梓的道路

027 / 二、为人民的作家

039 / 三、生活和艺术

050 / 四、风格即人

058 / 五、吴敬梓的理想人格

070 / 六、照妖镜下的封建社会

080 / 七、吴敬梓的天才的性质

085 / 八、"创作总根于爱"

099 / 九、表现方法的特征

107 / 十、《儒林外史》的结构

121 / 十一、从楔子窥全豹

129 / 十二、《儒林外史》的价值和影响

133 / 关于《儒林外史》的两封信

147 / 总结型和开拓型
　　——从一角度谈几部中国古代长篇杰作

155 / 吴敬梓是对时代和对他自己的战胜者

175 / 论吴敬梓的平民情结

181 / 重读《儒林外史》

190 / 风俗史和心灵史是靠人物塑造完成的
　　——上海文艺出版社版《儒林外史》序

203 / 胡益民、周月亮《儒林外史与中国士
　　文化》序

206 / 先觉者吴敬梓和"前卫"型小说《儒林
　　外史》
　　——为《儒林外史菁华》所作的前言

215 / 吴敬梓与《儒林外史》原生态
　　——序顾鸣塘《〈儒林外史〉与江南士绅
　　生活》

《儒林外史》简说

　　十八世纪是中国小说史上的巅峰时期，这时出现了两部前无古人的杰作，吴敬梓的《儒林外史》和曹雪芹的《红楼梦》。

　　吴敬梓（1701—1754），安徽全椒人。字敏轩，又字粒民；因他的书斋署"文木山房"，晚年自号文木老人；又因为从家乡全椒移至南京，定居于秦淮河上，故又自称秦淮寓客。他的祖上移籍全椒以前，原居于江苏六合。吴家科甲鼎盛，曾祖吴国对是顺治十五年（1658）殿试第三名，俗称探花，和诗人王士禛同榜，官至翰林院侍读、提督顺天学政。祖父一辈吴晟是康熙丙辰年（1676）进士，吴昺是康熙辛未年（1691）榜眼（第二名）。吴敬梓的亲祖父吴旦以监生考授州同知。父亲吴霖起是康熙丙寅年的拔贡，曾任江苏赣榆县教谕；但一说吴敬梓的生父是吴雯延，他是吴雯延的第三子，把他过继给长房吴霖起为嗣。这点还有争论，但不必细究，对我们理解作家、作品的关系不大。总之，吴家是缙绅世家，六十年中一家有进士、举人等功名和出仕的官员十四五人，贡生秀才还不计在内。

吴霖起死于吴敬梓考取秀才的雍正元年（1723），其时吴敬梓二十三岁。这时吴家虽然仍枝庶繁盛，但子弟已良莠不齐，呈现出败落的迹象。吴霖起一死，近族亲戚、豪奴狎客相互勾结，纷纷来攘夺吴敬梓的财产，发生了吴敬梓在《移家赋》中所追述的"兄弟参商，宗族诟谇"的争夺遗产的纠纷。这件事给了青年吴敬梓以强烈的刺激，使他看清了封建家族伦常道德的虚伪性质，那些衣冠楚楚、满口仁义道德的上层人物的丑恶面目，从而萌生了与那些仰仗祖产和门第做寄生虫的庸俗人物分道扬镳的念头。于是他肆意挥霍财产，三十岁以前就将田产房屋变卖净尽，这期间还被人勒掯欺骗，他的家产可说是半出卖半被骗地送光的，《儒林外史》中杜少卿破家的描写正反映了他破产的情况。由此他也更体会到各色人等的面目和人情的冷暖，坚定了他与正统士大夫决裂的决心，同时也招来了庸夫俗子的嗤笑，成了"田庐尽卖，乡里传为子弟戒"（《减字木兰花》）的败家子的典型。在家乡人的白眼与世俗舆论的压力下，故乡已无可留恋，于是他在三十三岁时移家南京，开始了卖文生涯。三十六岁那年，曾被举荐参加博学鸿词的考试，这是清朝前期对有学问有声望的知识分子的一种荣誉性考试，被举荐者称为"征君"，但吴敬梓只参加了省试，便托病辞去了征辟，甘愿以素约贫困的生活终老，一直到客死在扬州旅次。《儒林外史》的写作年代至今尚难以确考，但至少下半部是在他定居南京以后写成的，其中杜少卿辞去征辟的情节是他的自况。此外，吴敬梓还写了许多诗、词、文、赋，部分结集在今传的《文木山房集》中；本世纪还陆续发现了一些佚诗和佚文。同时，习染乾嘉时代的治经的风气，吴敬梓晚年也治过《诗经》，著有《诗说》七卷，近年已在上海图书馆发现了抄本。不过这些著作的价值和影响，都远远不能和《儒林外史》相比。

《儒林外史》假托描写明代故事，除了楔子是写元明易代时的王冕故事外，正文从明朝宪宗成化（1465—1487）末年写到神宗万历二十三年（1595）为止。其实，小说所展示的却是清代中叶十八世纪的社会风俗画。它以封建士大夫的生活和精神状态为中心，从寒士如何在科举考试中挣扎以揭露科举制度的不合理，从这个制度奴役下知识分子的丑陋灵魂下手，进而讽刺了封建官吏的昏聩无能，地主豪绅的贪吝刻薄和趋炎附势，附庸风雅的名士的虚伪卑劣，以及整个封建礼教制度的腐朽和不堪救药，乃至城乡下层人民都在这种糟糕透顶的社会秩序下被毒化，灵魂扭曲得不像样子。因为笔锋所向，主要对知识分子，所以名"儒林外史"，其实所辐射的却是整个社会。又由于中国封建社会的制度和风习的凝固性，这幅十八世纪的风俗画也照亮了整个封建社会，至少是封建社会后期的各种色相。它的美学涵盖量之广，不论从横的或纵的角度衡量，在明清小说中都是罕见的。而吴敬梓"秉持公心，指摘时弊"（鲁迅）的人格力量和他通过人物刻画抉发社会制度底蕴的卓越的艺术能力，则使《儒林外史》成为现实主义叙事艺术的丰碑，中国小说史上空前的讽刺小说杰构。

抨击腐蚀知识分子灵魂的八股取士制度，是《儒林外史》社会批判的主要方面。小说先在楔子里标举出了一位不为功名利禄所诱的特立独行之士王冕，作为不受科举制度牢笼的正面榜样；作为强烈的对比，随即给读者展示了两个被科举制度塑捏得既可怜又可笑的人物——周进和范进。周进应考到六十岁，胡子已经花白，还是一个老童生，只得到薛家集去教村塾糊口，受尽了新进秀才梅玖的奚落和举人王惠的卑视，最后连这个坐蒙馆的教书匠的饭碗也保不住，只好替一伙商人去记账。一个偶然的机会，他去参观省城的贡院，大半生没有捞到个功名所郁积的辛酸，使他一见到考场就"一头撞在号板上，直僵僵地不省人事"，苏醒后满地打滚，放声大哭。读书人只有这一条仕进之路，他只有苍蝇撞透光的玻璃窗一样在那上面碰撞挣扎。可是一旦时来运转，他中了举，联捷成进士，做了国子监司业之后，曾经奚落过他的梅秀才赶紧冒认自己是他的学生；他当年在村塾中写的对联也成了"周大老爷的亲笔"，必须恭恭敬敬地揭下来裱好；这个当年受人鄙视欺凌的穷老夫子也被人用金字写了长生牌位供奉起来了。

周进的故事侧重于写这个人物发科前后的地位的变迁，揭露社会的趋炎附势和世态的凉薄；范进的故事则除了刻画他本人的前后遭遇外，更着力于描写他命运的转变中环绕在他周围的各种人物的色相。作家在更大的范围里揭示了科举制度对社会各阶层人物的毒害。二十岁起应试没有捞到一个秀才的范进，垂老才由于周进的同病相怜的赏识，考取了秀才并随即中了举，他本人喜从天降，卑微的灵魂承受不了突如其来的喜讯，痰迷心窍发了疯，半天才恢复；他的妻子、母亲、丈人胡屠户、乡绅张静斋以及邻里乡党，立刻由鄙薄一变而为谄谀，世态炎凉在这里被作家刻画得淋漓尽致。范进的进入绅缙社会又立刻引出上流社会打秋风、通关节、官绅相卫、抱成一团、鱼肉庶民、武断乡曲的各种丑态；并且揭示了那些把八股文视为学问的精华的科场人士的狗屁不通，范进当了主考官，连苏轼这样的大文豪都不知为何许人，心里只记得必须把恩师嘱咐过的荀玫录取，这事又揭示了封建科举制度下老师门生之间的关系网。而在范进中举后母丧家居和张静斋出门打秋风的情节里，又戳穿了封建礼法的虚伪和父母官如汤奉的昏聩无知。吴敬梓把这些"学而优则仕"的科举出身的人物刻画得入木三分。通过对科举制度的抨击，揭示了这个乌烟瘴气的社会的痼疾之所在。

在揭露科举制度的弊害和官场黑暗的同时，吴敬梓把视线扩展到与官吏为邻的乡绅，严贡生的狐假虎威、贪鄙刻薄及其弟严监生的吝啬，他的苦心保卫他的财产，以及兄弟之间因财产攘夺所构成的妻妾、郎舅之间争斗的精彩图画，甚至同今天的社会生活对照都还是真实而新鲜的。这些都是衣冠中人，多少是有功名的，严贡生和王仁、王德还口口声声地"纲常名教"，吴敬梓剥了他们的皮，露出其不堪入目的丑相。

从科举求仕进，按礼教正统行事的人物真相如此，那些科场败北，或因出身条件捞不到功名，无法进入仕途的人，也要求在社会上混出点名堂来。这些不甘碌碌以终的聪明人于是要作诗，刻诗集，结诗社，写斗方，诗酒风流，充当名士。其目的也无非是取得和科举出身相同的身价，这是封建社会中另一条知识分子竞奔之路。正如头巾店老板兼名士景兰江议论医生兼名士的赵雪斋时，曾道："可知道赵爷虽不曾中进士，外边诗选上刻着他的诗几十处，行遍天下，那个不晓得有赵雪斋先生？只怕比进士享名多着哩！"可见做名士不仅是啖饭之道，附庸风雅之道，而且说到底，名士迷和进士迷正是科举制度黑藤上的两个连理瓜。

名士的泛滥也是这个腐朽社会的儒林奇观，当时知识分子精神状态丑恶空虚的色相之一面，上至冢宰后嗣胡三公子，也因为"死知府不如活老鼠"，要挤进名士堆里去绷场面，交声势；狗屁不通的举人卫体善、贡生隋岑庵，都拖着八股腔，去作些"且夫""尝谓"之类的歪诗。这类人与其说是附庸风雅，毋宁更为了靠做名士作为挤到台面上去的捷径。

名士无须进考场取得，于是公卿子弟的娄府二公子、蘧知府的孙子蘧駪夫也以做名士是骛。娄家二公子还要贴本钱充当名士头头，招揽一些不三不四的书呆子、流氓、江湖骗子，大张旗鼓地演了一场闹剧，是这个畸形社会中许多畸形人物的大亮相。写来似乎夸张，但构成戏剧性的实质，却是不容怀疑的真实。

介于进士和名士之间，还有一些浮游于文化圈中的畸零人物，较正派的有方巾气十足的八股文选家马二先生，在这个丑恶社会的大染缸里越来越变成坏货的恶少型的匡超人等等。马纯上虽然迂腐可笑，还不失其仁厚方正；匡超人则从一个天真未凿的乡下儒童蜕化为卖友求荣、停妻再娶的衣冠禽兽，翻脸不认人，吹牛不脸红，偏偏给他混到了一个小小官职。这样的灵魂至今也不少有，是一个极耐时间磨洗的典型人物。

吴敬梓也没放过那些贪酷的，只知道"三年清知府，十万雪花银"的官僚，鱼肉人民的胥吏和差役，奔走权贵的山人清客，铜臭熏天的盐商，趋炎附势的乡绅，乃至假道学、篾片、妓女、市井细民，其囊括之广，几乎将整个社会收入了他的画幅。诚如鲁迅所评定的"烛幽索隐，物无遁形"，"皆现身纸上，声态并作，使彼世相，如在目前"。《儒林外史》是中国十八世纪乃至后期封建社会的百科全书。

吴敬梓展示给人看的生活图景是如此真实和生动，以至它比任何被称为"信史"的历史书更明晰、更深刻地暴露了那个乌烟瘴气的社会的本质，从表面直透底蕴。他将一切五花八门的假面目统统剥掉，还他们以可笑可鄙的真面目。能够给社会做出如此准确、公平的判决的小说家，就不仅是愤世嫉俗的旧制度的叛逆，更必须是昂扬着理想、充满着人格力量的"以心而伟大的英雄"（罗曼·罗兰语）。吴敬梓在以辛辣的讽刺控诉了这个丑恶的社会，鞭挞这些活该被历史否定的人物时，他的内心是很悲苦的；喜剧的根底是悲剧，如果作家没有博大仁厚、悲天悯人的菩萨心肠，讽刺便会变成冷嘲或油腔滑调，喜剧便会变成闹剧或插科打诨。吴敬梓是洒着热泪举起他的鞭子的，他自己也是儒林中人，他不过比他的同时代人站得更高，看得更透彻。他懂得那些蝇营狗苟、进行着各种可鄙可笑的活动的人们，是受驱使于这个社会制度，是社会加之于他们的精神奴役的结果。他以"哀其不幸，怒其不争"的深情鞭责他们时，同时也在抽打着自己的灵魂。带着这样的爱心，于是他努力寻觅这个社会中的善良人物，寄以同情和赞美。在《儒林外史》中，和火辣辣的尖刻讽刺相辅，吴敬梓用酣畅飞动的抒情诗的笔调，赞扬了许多正直善良的人物，倾注着他的人道的爱心。如马二先生对落魄的匡超人的关怀和资助，甘露寺老僧对旅居无依的牛布衣的照料和慰藉，以及为他料理丧事的情谊；牛浦郎的祖父牛老儿和亲家卜老的相恤相助的素朴感情；鲍文卿对潦倒的倪霜峰的照顾和对他儿子倪廷玺的收养；等等。中国小说像《儒林外史》这样系列性地寄同情于下层人物，褒美芸芸众生中挑选出来的一向受冷落的卑小者，这以前还很少见。特别值得提出来的是向鼎和鲍文卿的金子般的宝贵关系，其间所饱含的人道主义精神，更为历来的小说所未有。这段情节无疑是《儒林外史》中最动人的篇章之一。

向鼎是官居三四品的府道大员，鲍文卿是封建社会最下贱的戏子。在等级森严的那个时代里，一般情况下是不可能作为朋友来交往的，一面是不屑，一面是不敢。然而这两位灵魂不凡的人物都由于义气相投，彼此都发现对方人品的高贵，完全人格平等地成了道义之交。鲍文卿虽囿于礼法，即社会制度加之于他的精神奴役的创伤，不免有唯恭唯谨的自卑感和做小服低的拘谨，但向鼎的平等待人，捐弃世俗的尊卑界限，引鲍文卿为知己，确实显示出了吴敬梓本人的高贵的人道理想。如以《红楼梦》中的情节来比，荣国府的贵妇们和刘姥姥平起平坐，不过是上层人物的惜老怜贫，《儒林外史》中娄公子兄弟之与管坟山的邹吉甫的情况庶几相近；贾宝玉也不鄙视婢女，和她们平等相处，这大抵是属于主仆恋爱这一格局；向鼎和鲍文卿的关系则完全是彼此都怀有人的庄严感的有来有往的尊重。在中国小说中是全新的伦理内容，从而是全新的美学内容。小说第二十六回中题铭旌的一段，真是饱含热泪的酣畅之笔，不必是多愁善感的读者，读到这部分谁也不能无动于衷，而要为这崇高的人道主义感情涌上激动的热泪。

吴敬梓殷情称颂正直善良的人物，珍视这个黑暗王国的一线光明，是因为他太厌恨这个将人的精神染污得不成样子的恶劣的社会制度了。他和科举制度决裂，辞却征辟，深知这个社会已无可救药。但不和庸俗的社会合流，也不过是独善其身的消极回避。除了揭露这个社会的弊端，一切如他在《儒林外史》所指陈那样可鄙可笑外，他还想为改造这个社会找寻一条出路，绘制一个合理社会的蓝图。然而当时的社会还不可能给他提供这样一个前景，他本人又是在圣经贤传的熏陶下长大的，尽管他能凭实际生活中的感受和卓越的艺术思维察觉社会病态的症结，但他对未来社会的设想仍无法突破儒家思想的框子。只能从经世致用的礼、乐、兵、农的道路来拯救颓败的社会。《儒林外史》后半部的祭泰伯祠，平少保和汤镇台的靖边，萧云仙青枫城的治农田水利和兴办学校，就是他提出来的治世主张。这些设想在现实生活中缺乏基础，在他自己的头脑里也没有定型，作者只能凭着理念制造模型，飘荡在自作多情的乌托邦里，比起有血有肉的揭露时弊的辛辣讽刺来，后半部的许多情节便陷于形象干瘪，人物扁平，诗趣索然，缺乏生命力了。任何作家离开了现实主义，强装上一个光明的尾巴，总不免失败，哪怕吴敬梓这样的天才。

然而，当吴敬梓站在坚实丰富的生活基础上，高瞻远瞩而又细微深刻地剖析了这个社会的病态时，他的生花妙笔真令人惊叹。他是刻画人物灵魂的巨匠，他一般地不做苛细的描绘，三言两语就简洁地奔向戏剧；只要几笔，一个人物就在纸上活跃起来，如同生活中的活人那样行动起来了，人物内心的隐私全部揭开了。读者无须知道人物的历史，可是已经认识了一切，诗人在刻画他们的特征性的片刻活动时，已经将他们生活的本质全部摄取在里面了。吴敬梓善于将光度集中地照射人物活动中的喜剧性的顶点，抓住这刹那，一下子就将人物的丑相彻底曝光。那些伪道学、假风雅、冒险家、吹牛匠、马屁精、骗子正在得意扬扬、忘乎其所以的时候，就已被吴敬梓逮住，再也逃遁不了。小说的真实性正如前人的评语所说："读竟乃觉日用酬酢之间，无往而非《儒林外史》。"这话不仅适用于旧时代，直到今天，《儒林外史》的景象还这里那里地活在现实生活中，并由此证实了《儒林外史》的艺术生命力。

《儒林外史》的艺术真实性和吴敬梓的美学方法有密切关系。中国的白话小说系从宋元说话人演述故事演变而来，就是说，是由一个说书人在向群众（读者）叙述故事，这个宣讲者向群众讲述他所要告诉你的故事，担任着介绍小说形象的职能。直至《红楼梦》，它的叙述骨架仍然承袭着这种宣讲体，吴敬梓才开创了小说美学上的新格局，让生活直接和读者见面，由人物自己当着读者的面表现他们的活动。吴敬梓的小说已经突破了古代小说的传统模型。在语言模式上，他虽仍用着"话说""且听下回分解"等传统的叙述情节的套语，但这些套语已没有任何意义。《儒林外史》的叙述和描写中，也不再像包括《红楼梦》在内的古代小说那样，横插入无数的诗、赋、联语之类可有可无，有时常常是阻塞情节运行的额外藻饰。照理，小说以儒林中人为主角，可以塞入大量酸溜溜的诗文，但《儒林外史》除了楔子开头和第五十五回结尾各有一首词以外，这类与形象本身无关的东西一概摒弃。这是和作家美学思想的基本要求一致的。

吴敬梓的美学方法甚至还要走得更远，他尝试一种新型小说的构造，他打破了传统小说（世界范围的近代小说都是如此）由少数主要人物和基本情节为轴心而构成一个首尾连贯的故事的格局，创造了一种"全书无主干，仅驱使各种人物，行列而来，事与其来俱起，亦与其俱讫，虽云长篇，颇同短制"（鲁迅）的独特形式，颇像现代新派小说的"生活流"。吴敬梓企图创造一种与生活更直接不隔地显示流动着的生活本身的艺术，这又是和上面所说过的作家不来承担介绍生活而让读者自己去领略生活的美学思想是一致的。研究《儒林外史》的人曾纷纷论述这部小说的特殊结构，但如果不把结构问题和吴敬梓的美学的创新联系起来，不论是褒是贬，都不能抓住问题的要害。这种小说结构取得的成功度可以讨论，但它给中国乃至世界小说开拓了一条美学上的新道路，在小说发展史上具有里程碑式的意义却是无法抹杀的。

由于作家意在表现一种流动着的生活，而生活是需要以人、以人的关系来呈示的，因此，《儒林外史》就体现出人物性格的非固定性，即发展着的性格。如以《红楼梦》作对比，除了贾雨村等少数人物外，主要人物的性格都在小说一开始就塑造成型了的，以后的叙述只是既定性格的丰富化和层层涂色，《儒林外史》却不然，周进、范进们在穷书生和发科以后，匡超人从善良的乡村知识分子到混进官场以后，牛浦郎从一个谦谨小童到成为出去闯荡江湖的清客以后，等等，各色人物都随着环境、地位、人物之间的关系之改变而改变着他们的性格特征，流动不拘而又具有内在的统一性；在性格的发展中体现着深刻的、流动着的社会关系的内容。这是社会从封建制度下僵固不变的状况向近代社会关系日益繁复、日益多变的客观生活的局面转变的反映。吴敬梓的美学思想反映了作家对于时代的觉醒。

中国最早的合于现代小说观念的作品是唐人传奇。称之为"传奇"，是足以概括古代小说的性质的。它意味着演述平常生活中的罕见现象。不但张扬神怪、描写超人间故事的神魔小说如此，历史小说的人物也是超于日常生活的英雄人物。明代小说开始将市民引入小说，但仍然强调奇人奇事，所谓"无巧不成书"，"巧"是另一意义上的"奇"，因此，说古代小说都是"传奇"型的也未始不可。十八世纪以前的西方小说也大抵如此。《红楼梦》以其艺术内容说，已是近代型小说了，但仍没有蜕尽"传奇"的外壳。并非因为它还有茫茫大士、渺渺真人、空空道人等超现实的人物出现，大观园之外还有一个太虚幻境在，而是因为小说中荟萃着许多奇人奇事，主角贾宝玉就是衔玉而生的奇人，曹雪芹自己也不排除小说的"传奇"性质，有第一回的偈语"倩谁记去作奇传"为证。

在经典性的古代小说中，《儒林外史》才摆脱了传奇的性质，成了表现平常生活的作品。小说中的人物再不是高不可攀的奇人，他们的行为也不再是英雄、超人或常有异常的光轮的传奇人物的姿态，从肖像到灵魂都是人们在自己周围日常所习见的，评点家所说的"日用酬酢之间，无往而非《儒林外史》"的那种真实感也是由此产生的。

使小说挣脱因袭的传奇性质，将艺术视野扩展到更广阔的、和人们日常见闻更密迩的人生现象，是古代艺术和近代艺术相区别的标志。欧洲文学大致也在十八世纪完成了由贵族文学到平民文学的过渡，打破了小说只表现宫廷生活、贵族骑士淑女的狭窄天地，转向了新兴市民阶级的广阔现实，从体裁、题材和生活内容都宣告了现代艺术的诞生。这在欧洲，由于十五世纪前后文艺复兴、市民阶级勃起、社会生活和时代精神推动了成批作家的精神觉醒；而中国，幼弱的处于萌芽状态的资本主义经济因素还不足以激起观念形态的变革，艺术上的觉醒只能表现在个别的天才身上，于是我们有了吴敬梓。

作为风俗画式的现实主义小说，吴敬梓的画风是写意画式的，笔致疏疏落落，点到就算。但勾勒得简约不等于内容稀薄，从乡村小景到城市风情，从考场活动到文士宴集，官场、市肆、各行各业乃至优娼僧道等各色形相，无所不有。既穷极社会的日常生活，也烘托了当时的时代气氛；就连当时知识分子提心吊胆不敢道及的文字狱，《儒林外史》里也用《高青邱诗集》一事为名，影影绰绰且又婉而多讽地呈示给了读者。吴敬梓生于雍乾之世，如果他连这两朝笼罩在知识分子头上的大恐怖都不触及，他自己也于心不安的。有相当可靠的证据，说明《儒林外史》中的不少人物，都是雍乾间的实有人物，杜少卿就是作家自己的写照。当然，实有人物也好，自画像也好，都是经过了艺术变形的，都不宜自然主义地与真人真事一一对照，但没有真实的人物和事件做模特儿，没有实际生活基础，任何作家也写不出成功的小说来。顺便说一下，不少实有的在书中被肯定的人物，笔触大都比较拘束，写得不很出色，连用以自况的杜少卿，也夸张过分，写他的慷慨反而成了迂气十足的冤大头，远不如前半部信手挥洒出来的人物生动。

尽管《儒林外史》有可以指责的缺点——世界上十全十美的艺术品是不存在的——但它是中国以至世界的第一流小说的地位是不会动摇的。它被译成英、法、日、俄、捷、朝、越等十多种文本传遍全球，就是最生动的证明。在中国小说史上，它更因开拓小说美学上的新境界而产生了深远的影响。晚清的谴责小说家都是《儒林外史》的效法者，连小说的结构都是模仿它的"集诸碎锦，合为帖子"（鲁迅）的"连环短篇"式，虽然这些私淑弟子远远还没有学到老师的精神，不论在美学思想上或艺术能力上没有一部后起的小说可以和它比肩。

《儒林外史》向有五十回、五十五回、五十六回诸说，据吴敬梓姻亲晚辈金和说，它最早曾由金兆燕于扬州教授任内（他任扬州教授为乾隆三十三年至四十四年，即1768—1779）刊印过，但至今能见到的最早刻本为嘉庆八年（1803）的卧闲草堂本。这个本子为五十六回。以后嘉庆二十一年（1816）注礼阁本和艺古堂本同卧闲草堂本版式完全相同；同治年间及以后的齐省堂本、辟云斋本、申报馆排印本等，也都是五十六回。现存的实物都无法证明有五十回本和五十五回本的存在。又有人提出过第三十七回后半《郭孝子西蜀省亲》部分起直至第四十四回前半部《萧云仙广武山赏雪》部分止的这三回，以及第五十一、五十二两回凤四老爹行侠的故事，都是他人伪撰羼入的，除去这五回和第五十六回"幽榜"，恰好是五十回。而此书共五十卷（回）之说，正是吴敬梓的谂友程晋芳最早提出来的。这种说法虽然成理，所指出来的伪撰的三回确实是全书写得最差的部分，笔力和吴敬梓不很相称。但是终究缺乏实物做证据，现在只能以卧闲草堂这个系统下来的五十六回本为作者的原本。

1990 年

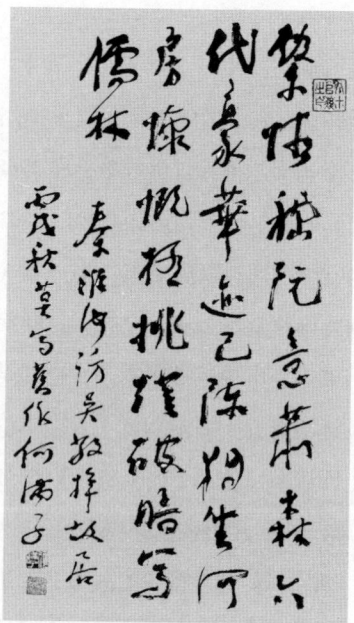

2006 年秋何满子先生手写自作七言绝句

(题秦淮河吴敬梓故居)

论《儒林外史》

一、吴敬梓的道路

兰台家世千秋重，

艺苑文章四海传。

——《题王溯山左茅右蒋图》

《儒林外史》，是吴敬梓（1701—1754）以封建士大夫的生活和精神活动为"主文"的、诗人对他的时代生活的判决书。

车尔尼雪夫斯基说过：

……智力活动微弱的人……做了诗人或艺术家的时候，他的作品除了再现出生活中他所最喜爱的几方面以外，再没有其他的意义了。可是，如果一个人的智力活动被那些由于观察生活而产生的问题所强烈地激发，而他又赋有艺术才能的话，他的作品就会有意识或无意识地表现出一种企图，想要对他感到兴趣的现象做出生动的判断……。①

吴敬梓正是被生活中的问题激发起了强烈的智力活动，而又恰巧赋有艺术才能的一个人。他的《儒林外史》，也正是以高度的艺术才能，再现和批判了那激发着他强烈的智力活动的生活的真实的作品；质言之，现实主义的作品。《儒林外史》卷首有一篇闲斋老人的序②，其中有两句话，对这小说的性质作了

---

① 〔俄〕车尔尼雪夫斯基：《生活与美学》，周扬译，人民文学出版社1957年版，第102页。

② 这篇序写明作于乾隆元年（1736）春二月，这年月是不可靠的。因为这序的口气，是写于《儒林外史》已经完稿之后；而事实上，同年三月，吴敬梓还在被征赴博学鸿词的省试；那么，以杜少卿自况的吴敬梓绝无预知他将被征和辞避的事情。有论者说这是作者于小说作成后托名的自序，但未具确证。按事理论之，托名而又托一个年月，实在费解。而且这序文笔调，也大不类吴敬梓的文字。1874年刊行的齐省堂本，在这序前冠有"原序"字样，我因而曾疑心这篇序是第一个刻印《儒林外史》的金兆燕托名写的（据金和跋文中说："外史""为全椒金棕亭先生官扬州府教时梓以行世"。金兆燕于乾隆三十三年至四十四年任扬州府教授）；我认为因他深知吴敬梓，而一个府学教授的地位，也不便宣扬同时代人作的"稗史"，因此化名作序。是以后来的刊本题作"原序"。但后见1803年的卧闲草堂刻本，这序前并无"原序"字样。这样，既未见金兆燕的初刻本，又不知齐省堂本的祖本是初刻本呢，或只是以卧闲草堂本为据，这序文的作者就只好存疑了。又有论者认为闲斋老人可能就是卧闲草堂主人，并且根本怀疑是否存在过金兆燕的初刻本，说卧闲草堂本可能是这书的创版。如果说闲斋老人可能是卧闲草堂主人，这两个名字同一"闲"字的巧合上，还有可信之处；但如果竟连卧闲草堂本以前曾有金兆燕的初刻本这一点也怀疑起来，却难以置信。金刻本应肯定它是有的。其一，有金和的记述；其二，和吴敬梓同时代的程晋芳既说"竟以稗说传"，足见"外史"是已经刊印传世，而不仅是手稿的了。

简约的然而极切要的提示：

> 夫曰"外史"，原不自居于正史之列也；曰"儒林"，迥异玄虚荒渺之谈也。

所谓"迥异玄虚荒渺之谈"，就是说，吴敬梓的作品是真实生活的写照，是被生活中的问题激发出来的。所谓"外史"，顾名思义，是补正史之所不书，也就是闲斋老人这一序文中所说的"史之支流"的意思。但因为作家是被生活中所存在的重大问题所激发，艺术地描叙了那蕴含着问题的生活之真实，又且带着深刻的思想对所表现的历史内容作了公正而尖锐的评衡，那么，他虽不将作品"自居于正史之列"，却要比那些罗列现象甚至歪曲真实的正史更予人以多方面的教益。也即是说，由于这种"活生生的判断"是建立在现实生活的逼真的不加粉饰的描画上的，所以便更具体而动人。从而，那作家和作品便愈加为害怕揭露真实的社会上层人物所痛心疾首。因此，对于吴敬梓这样一个人和《儒林外史》这样的作品，即连并非伪道学或腐儒的，而且知他甚深的程晋芳，也尚且作了这样赞赏中含有轻蔑味的惋叹：

外史纪儒林，刻画何工妍，

吾为斯人悲，竟以稗说传！①

那么，这部所谓稗说之遭到旧时代庸俗的知识分子群——即所谓"儒林"——的冷淡和轻视，以及这个怀有超越凡流的心胸的作者之"终受欺于拙目"②，就更不足为奇了。

这个卓越的作家在生前备受世俗的讪笑诋諆，他的杰出的创作在将近一个世纪里受到了极其冷淡的待遇。虽然据金和在跋文中所记，金兆燕在任扬州府教授时（1768—1779）就把它刊印了，但就这一初刻本今日不获觅见这一点来判断，可知流布是不广的。现存的最早版本卧闲草堂本的刊行，距作者之死已经整整半个世纪（1803）。这说明，这部真实而深刻地反映和批判了时代生活的作品，如何地受到了构成旧日读书界的士大夫的嫉恨和排斥。同时，我们也可以从作品诞生以迄"五四"

---

① 程晋芳：《春帆集·怀人诗》十八首之一中句。

② 《文木山房集·移家赋》中句。赋中述及自己"乃众庶之不誉"的情况，有"……眷念乡人，与为游处，似以冰而致蝇，若以狸而致鼠"；"竟有造请而不报，或至对宾而杖仆；谁为倒屣之迎，空有溺庐之辱"等句。当时受人白眼之况，殆难堪已极。又集中刊庚戌除夕客中作《减字木兰花》八阕，其三有云："田庐尽卖，乡里传为子弟戒。"可见吴敬梓所受的社会舆论的菲薄，有常人之所不能受者。

新文学运动这一长时期内很少有人评述它这一事实，看出这样的消息：这小说所描写的生活是如此地真实，它的抨击是如此有力，以至被它的讽刺所激怒了的儒林君子，也不得不无可奈何地在难以反驳的真实面前缄口无言。他们只有采取冷淡的方法来抵制。《儒林外史》直到十九世纪七十年代以后，即经过了鸦片战争和太平天国革命这些划时代的历史事变，清朝封建统治机体已经从内部腐烂到表皮，为吴敬梓所猛烈攻击的科举制度也无法再维持下去的时候，才有了较多的刊本，得到了较广的传布。但比起《水浒传》《三国演义》以及较它晚出的《红楼梦》来，还是差得远。当然，流行的程度和作品的价值比较，更远远地不能相称。

生活在今天的我们，常常深感到旧时代欠了优秀的古典作家们一笔很重的债。不仅在物质上，旧社会没有给古典作家出色的精神生产以报酬，使他们往往终生备受生活的煎熬；特别是在精神上，没有拿公道去对待他们的崇高而艰辛的劳动，他们呕心沥血的对人民的奉献。封建统治思想把小说看成"街谈巷语，道听途说""小道""君子弗为也""刍荛狂夫之议"①；斥为"诬谩失真，妖妄荧听""猥鄙荒诞，徒乱耳目"② ……因此，我们前

---

① 《汉书·艺文志》论小说语。
② 《四库全书总目提要》论小说语。

代的天才们不能把文艺当作他们生活中的主要事业；在社会舆论的白眼下，只能悄悄地、像干着一件卑微的勾当那样地进行他们的创作；而专制的封建制度和庸俗的社会气氛又压低着诗人的想象活动。在这种条件下，只有那些能使自己伸根入雄伟的人民生活的深处，善于从生活中吸取刚强善美的滋养，从而锻炼得使自己具有伟大的心的勇力，敢于与世俗顽抗的高贵的心灵，才能冲破漫漫长夜的沉闷的空气，唱出清亮的战斗的声音来，宣示人民意志的终不屈服，显露那培育出瑰丽的艺术花朵来的人民的黑土的深厚的潜力。不用说，这种伟大艺术家本身也是他所处在的时代的历史条件的产物，而且他们的作品也不可避免地受着自己时代的制约，表现着认识上和艺术方法上的历史性的局限，但因为他们拥有巨大的艺术能力，最大限度地反映了作为历史发展的一定阶段的自己时代的人民生活，他们的作品便具有永不消失的魅力、独创性和美；他们也因自己的富于生命力的劳作而不朽，而引起后代人民无穷的感念。吴敬梓便是这种杰出的人物之一。

吴敬梓生长于累代科甲的阀阅世家，他的曾祖辈弟兄五人，有四个是进士；他曾祖吴国对且以一甲第三人及第，"其所为制义，衣被海内，一时名公巨卿多出其门"①。他的祖辈也都显

---

① 方嶟：《文木山房集序》。

达，如吴昺是康熙三十年（1691）的榜眼，吴晟是进士；他的亲祖父死得很早，也做了州同知。他父亲吴霖起是康熙丙寅年（1686）的拔贡，任江苏赣榆县教谕。生长于这样声势显赫的门第中，吴敬梓便厮混在官宦、乡绅、膏粱子弟、科场中人、名士、清客堆里，看透了他们污浊的灵魂，识破了上层社会的种种丑相。官宦嘛，一簇颟顸昏聩、徇私舞弊的蠡贼；乡绅嘛，一帮武断乡曲、趋炎附势的恶棍；膏粱子弟嘛，一些不通庶务、仰仗父兄财势、挥霍度日的昏虫；科场中人嘛，一群鼠目寸光、利欲熏心的陋儒；名士嘛，一伙附庸风雅的市侩和混江湖的吹牛匠；清客嘛，一堆骗子。吴敬梓如果是一个平庸的、“精神活动微弱”的人，他可以充当上述的任何一种角色，在做社会的寄生虫的生涯中舒适地、浑浑噩噩地打发他的一生。但他不，庸俗、虚伪、卑劣和无聊的生活激怒了他，他辞谢了、鄙弃了命运带给他的这些“恩惠”；他选择了另一种行径，挺身与命运、与世俗搏斗。缙绅家庭培养出了一个缙绅阶级的叛徒。

吴敬梓接受了他的前辈顾炎武、黄宗羲等大师的先进思想，特别是受了他们的逃避荐举、拒绝仕进、不与统治者妥协的高风亮节的感染。这是一个忠实于自己的信仰的坚毅的人，当他信服了某种思想，景慕了某种行为时，他便奉之为自己言行的规范，愈来愈坚决地要求自己贯彻到底，甚至坚决得达到了任性的地步。这样，他也就和循着统治秩序，唯功名利禄是求的当时一般的知识分子有了分歧，而且也和他自己的家人先辈走着不同的路，从而，他也就越来越和庸俗的社会舆论不相协调。发展到这样的情况，人便必须从下面两条路中选择其一：要么屈服于庸俗的社会舆论，要么和它决裂而迈向自己的目标，忘情于荣辱得失。吴敬梓，这勇敢的人毅然地选择了后者。他从事于生活中更崇高、更美好的境界的追求，他鄙弃了钻营和仕进之意，将祖产在资助贫困者的豪举中花尽，将庸奴们视为金饭碗的祖宗基业视作敝屣，远远地离开了那对他侧目嗤笑的家乡全椒，驾一叶扁舟，卜居于秦淮河上。连士大夫视为稀世之荣的博学鸿词的征辟，也托疾不赴；① 甘愿衣食不周，安贫乐道

①　胡适在《吴敬梓年谱》中，说吴敬梓不应征辟是真的因为生病。他的最有力的证据，是推荐吴敬梓的江宁教授唐时琳在《文木山房集序言》中的说明。但是很显然的，如果吴敬梓装病而首先不瞒过他的举荐人，怎么还能瞒过别人呢？唐序中"两月后，敏轩病愈，至余斋，……余察其容憔悴，非托之病辞者"云云，自然同样可以作为唐时琳被他的装病所骗过了的解释。既然在这样一件非同小可的事情上向外界装了病，所以他在《丙辰除夕述怀》诗中，便也有了"夫何采薪忧，遽为连茹厄"的句子，也是完全可以理解的。托病的次年，吴敬梓就写了《酬青然兄》一诗；既然连胡适也不得不承认《酬青然兄》和《贫女行》两诗，分明是对应征了的他的堂兄的嘲笑，那么他自己的不愿赴试，就极为明显了。不错，他曾应学院和抚院之考，但那可能是推荐者的盛情难却，也可能是试期和荐期迫近，仓促间不能突然装病之故。至于说《丙辰除夕述怀》诗中吐露了追悔未能赴试之意，也是极自然的：其一是要实生病之托词；其二是"鸡肋糜人""患得患失"的矛盾心理，不能要求封建时代的吴敬梓完全没有。

地度过他自己所歆美的"嵌崎磊落"的一生，一如他的理想人物王冕似的。他的不平凡的经历，他的高傲的品格，他的不愿和统治集团同流合污的超拔的精神，他的痛恨旧社会并毫不容情地揭露它的丑恶的倔强的战斗气魄，以及他观察生活、表现生活的卓越的艺术才能，集中地表现在他的不朽巨作《儒林外史》里。

《儒林外史》所展示的社会生活面是极其广阔的，但它篇幅最多、刻画最着力的则是知识分子的生活和精神状态。它的辛辣尖刻的讽刺的矛头正对着"儒林"，即封建统治阶级的精神代表。吴敬梓恰巧以他的"稗说"狠狠地打击了那些"稗说"的轻视者，那些卫道的"正人君子"。在今天看来，那惋叹其"竟以稗说传"的程晋芳，当他兴起有些瞧不起"稗说"的思想活动的一刹那，也正代表了"正人君子"的腐朽的观点，从而也就和那些鄙儒庸夫一道，成了他的不朽的友人"刻画工妍"的巨笔所鞭挞的对象了。

二、为人民的作家

> 一事差堪喜，
>
> 侯门未曳裾。
>
> ——《春兴之五》

人们反抗现实，常常从他们的切身利益出发。他们选择那他们认为最厉害地阻碍着他们的出路、束缚着他们的自由发展的势力，作为攻击的目标；当他们的攻击比较深入时，就必然会提高到对一种社会制度的反抗，于是他们的斗争便具有了广泛的社会的性质。如果他们所反抗的对象正是窒息社会进步的制度和势力时，他们的切身利益也就和广大人民的利益相一致，成了人民的要求的体现者，从而他们的反抗行动也就成了进步的革命的行动了。

知识分子的吴敬梓，便从知识分子的切身感受出发，进而攻击那桎梏着知识分子和社会思想的科举制度和八股习尚；他明确地认识到他所攻击的对象，乃是妨碍知识分子和社会正常发展的根本性质的祸害。

具有制艺文章的家学渊源，且"其学尤精《文选》，诗赋援笔立成，夙构者莫之为胜"① 的吴敬梓，要从八股文骗取功名，绝不是难事，否则就不会来征辟他了；但他卑视这种奴性的"举业"，卑视除了经书章句和墨卷以外一无所知的昏庸的干禄之徒。因此他"生平见才士，汲引如不及；独嫉时文士如仇，其尤工者则尤嫉之"②。

---

① 程晋芳：《吴敬梓传》。
② 程晋芳：《吴敬梓传》。

痛恨科举制度，瞧不起八股文和那些自以为"代圣贤立言"的八股专家的，明、清两朝的卓识之士中颇不乏人。例如顾炎武，就是攻击八股取士制度最力的一人。他在《日知录》里说八股教育是"国之盛衰，时之治乱"的祸根；并且痛切地说："此法不变，则人才日至于消耗，学术日至于荒陋，而五帝三王以来之天下，将不知其所终矣。"①吴敬梓受了这离他未久的先贤的思想影响，更由于悲痛的现实的亲历目击，使他对科举制度怀着深恶痛绝的态度。在《儒林外史》楔子中，他也和顾炎武一样，借王冕的嘴批评八股科举制度道："这个法却定的不好，将来读书人既有此一条荣身之路，把文行出处都看得轻了。"他认为实行这种弊害无穷的科举制度，是"一代文人有厄"。不但文人有厄，而且使全社会蒙受毒害，各阶层的人们都给这制度塑捏得阴阳怪气，一如他在《儒林外史》中所揭示的。他既认识和痛恨这种制度的危害性，因此便毕生以全力和它进行斗争。

有清一代统治知识分子的方法虽有多种，例如：初期的大兴文字狱的屠杀政策，康乾两朝的删改古书以及设博学鸿词科笼络名儒等等；但最基本的手段还是变本加厉地袭用明代的科

---

① 顾炎武：《日知录》卷十六，"经义论策"条。

举制度来训练知识分子做驯服的统治工具。只要这一制度行之有效，思想上的禁锢便基本上达到了。任何意识领域中的斗争要是不损害这一全面网罗知识分子的制度，就不能在思想战线上动摇清皇朝的统治。纵或治学方法和学术思想上的某些部门有所进展，但这些进展在这一奴役制度的前提下，也只是奴隶甚至奴才的戴着枷锁的跳舞：这跳舞也许真是精致的、有用的艺术，可是却不能直接改变人民的被奴役的命运。

鲁迅在杂文《算账》里写道：

> 说起清代的学术来，有几位学者总是眉飞色舞，说那发达是为前代所未有的。证据也真够十足：解经的大作，层出不穷，小学也非常的进步；史论家虽然绝迹了，考史家却不少；尤其是考据之学，给我们明白了宋、明人决没有看懂的古书……
>
> ……但失去全国土地，大家十足做了二百五十年奴隶，却换得这几页光荣的学术史，这买卖，究竟是赚了利，还是折了本呢？①

---

① 《鲁迅全集》（鲁迅纪念委员会本，后同）第五卷，第571页。

当然，鲁迅并没有叫人要轻视清代学者治学的功绩的意思；他只是从历史的教训，揭露那些"大莫大于尊孔，要莫要于崇儒，所以只要尊孔而崇儒，便不妨向任何新朝俯首"的洋翰林胡适之流的真面目。胡适之流当时在帝国主义和国内反动势力的统治下，拼命叫人不问政治，不关心社会，埋头到研究室去治学，仿佛只要少数学者有了成就，社会政治便会得救的一样。为了使这种荒谬的说法言之成理，"有历史癖和考据癖"的胡适之流便努力强调"康熙大师"和"乾嘉大师"的作用，似乎他们的存在，便已经使清朝统治者的思想统治无能为力，已经使统治集团恃为思想统治的主力的八股毒焰变成了不能伤人的"死老虎"，也似乎那些清代的文人如王士禛、袁枚，朴学大师如戴震、阮元等人，倒不是从八股文应试出头，或者他们能出污泥而不染，一点不沾八股气的一样。胡适在《吴敬梓年谱》中便这样说：

> 有人说："清朝是古学昌明的时代，八股的势力并不很大，……何以吴敬梓单描写那学者本来都瞧不起的八股秀才呢？那岂不是俗话说的打死老虎吗？"……看我这篇"年谱"的人，可以看出吴敬梓的时代恰当康熙大师死尽而乾嘉大师未起的过渡时期。清朝第一个时期的大师，毛奇龄最

后死。……文学方面，尤侗、朱彝尊、王士祯也死了。当吴敬梓三十岁时，戴震只有八岁，袁枚只有十五岁，……当这个青黄不接的时代，八股的气焰忽然又大盛起来了。……这正是吴敬梓做"儒林外史"的时代。懂得这一层，我们格外可以明白《儒林外史》的真正价值了。（重点系原文自有。——引用者）

这种论调的可笑之处有：第一，代表昌明的古学而置八股老虎于死地的康熙大师刚一死，"八股的气焰忽然又大盛起来了"，妙哉！那么这些大师们以及他们的古学的力量也就实在太脆薄得可怜了；相形之下，八股倒并不是死老虎，而那些大师和古学却是纸老虎了。第二，《儒林外史》既因出现在这个"青黄不接"的"过渡时期"，才有真正的价值，那么，到了乾嘉大师一起，古学重又昌明起来之后，应运而生的《儒林外史》岂不是又要随八股之忽然又变成死老虎便应运而灭了吗？

这真是道地的实验主义——主观观念论者的谬说。自己钻在研究室里，膜拜在几个清代大师的衣裾之下，便以为他们就是当时社会精神生活的全部，或者以为这少数浮出在社会文化顶端的学者的思想便是一代知识分子的思想意识的统治性的现象；于是便只见树木不见森林地将作为统治全社会的八股的毒焰看得无足轻重一如死老虎；好像"学者们本来都瞧不起"，八股势力便会从客观存在消失的一样。不用说，追随着这种论调去考察《儒林外史》的时代背景，只会得到荒谬的结论；从而对吴敬梓和《儒林外史》的"真正价值"只有使人"格外"不"明白"，只有抑低。

事实上呢，谁也知道，不管古学多么昌明，学者们如何瞧不起八股，可是直到清末废除科举为止，有清一代的绝大多数读书人都是把做八股文考取功名当作唯一的出路的；《儒林外史》所刻画的周进、范进们，甚至到科举制度废除后也还是活生生的存在。不但如此，连绝大多数瞧不起八股的朴学大师们，自己也是不免借八股文做敲门砖而取得了荣宗耀祖的功名利禄的。即使他们在丢了敲门砖以后治了古学，但几个凤毛麟角的朴学大师，在茫茫八股秀才的人海中，也不过有如蕞尔小岛，绝不能改变大海之为大海、狂澜之为狂澜。清代治学方法和学术运动的发轫，原是对于宋明理学特别是晚明"狂禅"一派的反动，开其先河的大师顾炎武，其治学方针，照梁启超的看法，有三大特点，即第一"贵创"、第二"博证"和第三"致用"。① 为了贯彻这三点要求，特别是要达到"贵创"和"致

---

① 见梁启超：《清代学术概论》第四节。

用"，就必然要反对那束缚创造性的科举取士制度，那和经世之务了不相干的八股制艺；顾炎武、黄宗羲等宗师所以便正是科举制度和八股文的坚决反对者。但康乾以降，继起的朴学家们只片面地发展了他们的前辈的"博证"这一端，便成了单纯地做考据功夫了。自然，考据要比游谈无根切实得多，但考据一旦成为治学的唯一方法，甚至降而形成"为考据而考据"的学风以后，也就和"贵创"与"致用"各不相谋，丧失了思想斗争和社会斗争的价值了。如果说，朴学大师们所反对的明代的学风是理学与帖括携手，那么，他们所造成的局面也不过是以琐屑的考据代替了空疏的理学①，使考据与帖括联盟而已。古学既不和科举制度相悖逆，不能损及清朝精神统治的基础，便无法动摇社会风尚的根柢；而千千万万的八股秀才事实上也不会因为朴学的存在甚至繁荣而放弃做八股文，而减少他们的冬

①　但也应该公平地说，乾嘉考据家中，也偶见反抗现实的斗争性的论说的。例如朴学大师戴震的《孟子字义疏证》便是很杰出的例子。书中提出了反对礼教束缚，主张个性解放的激烈的议论。可是戴震的考据学虽风靡一时，但这种比较有斗争性的理论，当时的朴学家却大都采取抑的态度。据江藩《汉学师承记》卷六所记："当时读《疏证》者莫能通其义，惟洪榜知焉。榜为震行状，载与彭尺木书，朱珪见之，谓：'可不必载，戴氏可传者不在是。'榜贻珪书力争不得，震子中立，卒将此书删去。"由此可见，绝大部分朴学家是不敢和反动统治思想交锋的，于是只有在八股制度下讨生活，钻入不会触犯反动统治的为考据而考据的小天地。

烘气。即使古学家嬗递不息，古学并不中衰，不出现所谓"青黄不接"的时代，吴敬梓所讽刺的社会现象，所打击的社会势力也是铁一样地存在的，而且是作为精神领域中的最根本的痼疾存在的。这一现实存在，朴学的盛衰便无以增损现实主义作家吴敬梓和他的杰作《儒林外史》的价值。

是的，吴敬梓晚年也治过经学，著有现已失传的《诗说》七卷，说他是乾嘉经学的先锋亦无不可①。但他主要的业绩却在于攻击时弊，特别是攻击八股毒焰的《儒林外史》的写作上。这是从程晋芳的"吾为斯人悲，竟以稗说传"的诗句里就可以想见的：程晋芳的时代《诗说》当然没有散佚，那么，我们从他的悼叹里，就可以看出《诗说》和《儒林外史》的比重来了。这样，在思想斗争的战线上，吴敬梓是将他主要的精力正面投入对反动统治者最强大的防线的攻势中的。经学虽然和八股的精神有所分歧，但却为统治集团所容许。因为每一时代，

---

① 胡适说吴敬梓晚年好治经，因此说他是乾嘉经学的先锋。但胡适不能也不愿了解吴敬梓的治经，和乾嘉考据学派是迥异不同的。程晋芳的《吴敬梓传》中，记吴敬梓曾说治经是"人生立命处"，这可与《儒林外史》楔子中批评科举制度的"这个法却定的不好。将来读书人既有此一条荣身之路，把那文行出处都看得轻了"这番话互相发明。即吴敬梓是把治经当作重视"文行出处"，从而用以对抗那条"不好"的"荣身之路"的。因此，在他，治经是对于八股科举制度的反抗，而不是乾嘉学派似的治经和科举并行不悖。

"永远有着某一部分思想为革命者和旧制度底拥护者所同等地承认的。最有力的攻击用来攻击那些特定的时期中是旧制度底最有害方面底表现的思想"①。吴敬梓的攻击便是最有力的攻击。

当吴敬梓作为这样一个战士而出现的时候，他便已经和封建统治阶级对立起来而成为被压迫人民的喉舌了。那么，作为他的战斗业绩的《儒林外史》，其艺术效果便和广大人民的、也和当时在清廷统治下受加倍奴役的汉族人民的利益相吻合。而他的既不愿从科举取得功名，又拒绝博学鸿词科的征辟，便和顾炎武、黄宗羲、吕留良等坚持人民的、民族的气节而不愿出仕于新朝的前辈一样，是一种对清朝统治者的蔑视和反抗。

我们评论古人，不应忘记他们所处的时代特点，在中华民族大家庭内部各民族的融合和联合尚未达到今天这样程度的历史条件下，民族问题上的某些狭隘观点，乃是当时不能克服的历史现实。当时的知识分子都讲究"夷夏之别"，把它当作头等的气节问题看待。在明清易代之际，是否向取代汉族统治的清王朝屈膝，就不仅是传统的所谓"忠臣不事二主"的问题，而

①　[俄] 普列哈诺夫：《论一元论历史观之发展》，博古译，生活·读书·新知三联书店 1961 年版，第 229 页。

且还是是否有亏"民族气节"的问题。顾炎武、黄宗羲等大师，他们之所以深受崇敬，除了他们的学术造诣之外，也包括着这一"气节"问题在内。反之，某些在学术上、文学上很有成就的人，因为"大节不完"，就难逃舆论的非议。例如，钱谦益，在晚明文坛上，可说是一代宗师，但由于他晚节不终，向新朝俯首，便为士林所不齿。当时社会的道德标准就是如此。这种道德标准在当时的历史条件下也毋宁是合理的。吴敬梓生活的时代，虽然离明清易代已久，问题已不像一百年以前那样尖锐，但康熙、雍正、乾隆三朝，不断有文字狱，时时牵涉到民族问题，因此，这个问题在知识分子心目中，仍然是一个极为敏感的问题。许多知识分子虽然竭力钳口不言，但有时也不免委婉曲折地透露出自己的态度来；特别像吴敬梓这样不和当道者合作的特立独行之士，更在所不免。《儒林外史》中王冕和危素这一对形象的褒贬之不同，就分明地透露了这种消息。

在《儒林外史》第八回和第三十五回凡两见的高青邱，据吴敬梓的姻戚晚辈金和在《儒林外史》跋文中说，是影射戴名世的。那么，《高青邱文集》便是影射《南山集》的了。戴名世是康熙五十年（1711）最大的一次文字狱"《南山集》案"的首要人物，吴敬梓将他写入小说，显然是对这位在清皇朝的屠杀政策下惨罹灭族之祸的前辈怀着敬意而然。有人还说小说楔子中王冕夜观星象时所说的"贯索犯文昌，一代文人有厄"①一语，就是影射清代文字狱而言的，这也不能说没有道理。同样，在《儒林外史》中大书特书的祭祀吴泰伯祠，也是唤起人们对祖先的追思而曲曲折折地宣泄着他的民族思想。这表明，他和"向任何新朝俯首"的学者宗师们，是大相径庭的。

在文学现象上，将《儒林外史》当作封建文统的过渡时期的产物，因而将吴敬梓和前于他的尤侗、王士禛，后于他的袁枚、姚鼐之辈并比，更其不伦不类；而要从这个所谓"青黄不接"的时代去理解《儒林外史》的价值，毋宁是对《儒林外史》的侮蔑。吴敬梓既非王士禛、尤侗式的干禄之徒，也不是袁子才式的富贵闲人；《儒林外史》和那些"学而优则仕"的庙堂诸公的"仕而闲则赋"的颂圣、载道和述雅之作，无论哪一方面也没有共同之处。这是显而易见的，只要想一想台馆诸公是如何鄙弃以口语写成的小说，而《儒林外史》恰好就是他们所不齿的文学样式这一点，难道还不明白吗？

如果一个作家所采用的文学样式，所使用的文学语言也标志着他所服务的对象的性质的话，那么，这点也不正是说明了吴敬梓和他的《儒林外史》的为人民的性质的一端吗？

---

① 贯索，即牢狱星。《晋书·天文志上》："贯索九星在其前，贱人之牢也。一曰连索，一曰连营，一曰天牢。"

三、生活和艺术

旧事殷勤说，

新诗刻苦成。

——《方靖民杨巨源携樽

过余寓斋小饮》

当艺术家的"智力活动被那些由于观察生活而产生的问题所强烈地激发"时，他便通过形象的手段，给予事物以活生生的判断。他的判断之所以能够活生生，就在于他所绘写的乃是生活的真实，在于他忠实于那蕴藏着问题因而激发了他的生活本身。艺术作品的深度、广度和强度，也和作者汲取生活、理解生活并按照美学规律来表现它们的力量与才能成正比。艺术家所经历过来的生活乃是他创作的基础，他所接触过的人们乃是他塑造肯定的或否定的人物形象的基础，而且非以这为基础不可。

一篇小说中没有某种程度的真人真事的记叙，是不可想象的。鲁迅说过："……小说里面，并无实在的某甲或某乙的么？并不是的。倘使没有，就不成为小说。"[①] 作者在他的以自己的

---

① 《鲁迅全集》第六卷，第521页。

生活为基础的艺术创造中，定然要在亲历的实生活中汲取素材，勾勒下他所熟识的人们的面影。因此，《儒林外史》中的人物，"若以雍乾间诸家文集细绎而参稽之，往往十得八九"①。要不是透辟地认识了同时代人的精神状貌，那么吴敬梓便无法使自己所描绘的人物具有如许的生命力；要不是有意识地将他同代的文士作了深刻而真实的刻画，那么吴敬梓也不会将他的小说命名为《儒林外史》了。

生活是艺术的基础，这是一个确定不移的概念；但却绝不能对它作僵死的、机械的理解。

在艺术作品和实生活的关系的考察上，在文学形象和真人真事的相即与相离的理解上，正如探究从时代背景评衡《儒林外史》的价值问题一样，资产阶级的反动唯心论者又暴露了自己的全部庸俗性。

在我们，当直率而朴质地考察生活和文学现象的关系时，便不能不得出这样明白的结论，即，作品之所以有郁勃的活力，是由于作家将生活作了典型的描绘；而作品中的那些代表着一定的社会阶层的本质，同时又具有独特的个性的典型人物，不外是作家对实生活的某一个人或某一群人的深刻或集中的刻画。

---

① 金和：《儒林外史跋》。

　　　　　　　　《儒林外史》简说

由于如马克思所指出的，每一个人都是"社会关系的整体"，因此，每一个个别的社会人，都或多或少地在他身上融合着复杂的社会诸势力的素质和影响，也在他身上体现着不同程度的时代精神的诸倾向；这就是说，每一个个性里，都含有典型的因子。其中有一些个别人物，由于更集中地体现了某一特定的社会关系的本质，便在更大的程度上具有艺术的典型意义。这就是为什么很多历史家在完满而深刻地记叙一个实有的历史人物时，也无意中使他们的人物在一定程度上具备了文学上的典型意义的缘故。这也是传记文学之所以能构成一种"文学"的主要原因。但是，个性中通常只具有典型的因子；能达到典型那样的高度概括力和显示社会关系的深度的个性，是罕有的，如果不是绝对没有的话。现实主义艺术不能满足于刻画个性。艺术家的本领就在于能从个别人物的身上，发现他们的典型意义，并将他们扩大、强调、综合、凝聚而成为富有概括性的典型，使实生活中的人物既是他本人又远远超过他本人。吴敬梓在《儒林外史》中，便是选择了许多他所熟悉的真实人物为模特儿，在这个基础上发掘、强调、加工，使之成为概括了他们所属的社会阶层的本质的形象。这样，就不唯使他的人物具有鲜明的个性的特征，抑且也符合构成典型的艺术规律而拥有高度的典型性。

从《儒林外史》，也从其他优秀的现实主义文学作品中，我们可以发觉，作家从实生活中撷取素材以塑造典型的过程，也就是作家按照着自己的艺术认识，发挥着自己的个性和才能，服从着自己的创作目的而改变实生活中的人物的比例的过程。必须这样，艺术家才不至被生活所局限，而能更本质地反映生活。

但以胡适为代表的资产阶级反动唯心论的论客们，和上文所述的以"青黄不接的时代"这一虚构的"过渡时期"的狭隘框子去贬抑吴敬梓和《儒林外史》的价值一同，也用将小说人物一一参对实生活中的人物的"小心求证"的手段，降低吴敬梓作品的现实主义的典型意义；用他们庸俗的自然主义的标尺，去衡量现实主义的大匠，务期使之降为对自然尽愚忠的照相师式的临摹者而后快。在《吴敬梓年谱》中，胡适摘录了吴敬梓以"庚戌除夕客中"为题的《减字木兰花》三首，因为其中有一首写的是，

　　昔年游冶，淮水锺山朝复夜；金尽床头，壮士逢人面带羞。王家县首，伎识歌声春载酒；白板桥西，赢得才名曲部知。

便像逮住了一个把柄似的，喜出望外地下判词道："依这两首看来，吴敬梓的财产是他在秦淮河上嫖掉的。《儒林外史》里的杜少卿，似乎还少写了这一方面。"①

这便是，首先钉定了一把自然主义的戳子，然后拿作品中的人物和实生活中的真人去锱铢必较地衡量；同时，也就将一个"嫖客"的丑恶的名声涂污了战士，在读者的印象里贬低吴敬梓的价值。

封建社会的士大夫的吴敬梓，由于那时代的社会风习，也由于现实的苦闷，涉足于歌楼酒榭，是并不足怪的事。可是胡适的偏要强调这一点，却无疑是和他的实用主义哲学思想有关的。实用主义如果剔去了唯心主义的内容，剩下"实证"的躯壳，就只能和机械唯物主义相通。而机械唯物主义，便正是自然主义的哲学基础。自然主义的特征，就是将人理解为动物。在考察人们的社会活动的场合，自然主义也将人的动物性作为人们行为的动机来理解。这样，对历史，对人物，都不可能不

① 引文中的重点为原文自有。胡适说"吴敬梓的财产是他在秦淮河上嫖掉了的"，并且在这句话边上加上重点，引人注意，是极其轻薄而又武断的栽诬。吴敬梓的家产，有如《儒林外史》中所描写的杜少卿似的慷慨施与而散尽的情况，大致是真实的。金和在跋里也这样写："先生尤负隽才，年又少，不可一世；优爽急施与，以'芒束'之辞踵告者，知与不知，皆尽力资之。"程晋芳《文木先生传》中也说他"性复豪上，遇贫即施，……不数年而产尽矣"。

采取丑化的、冷冰冰的客观主义的态度。以这种态度对待文学遗产，就只能导向虚无主义。

鲁迅曾经极有力地斥责过这种将前贤丑化的恶劣态度。在胡适糟蹋吴敬梓的场合，下述的这段话尤为击中要害：

> ……譬如勇士，也战斗，也休息，也饮食，自然也性交，如果只取他末一点，画起像来，挂在妓院里，尊为性交大师，那当然也不能说是毫无根据的，然而，岂不冤哉！……
>
> 这也是关于取用文学遗产的问题，潦倒而至于昏聩的人，凡是好的，他总管得不到。①

《儒林外史》中的杜少卿，在一定程度内，是吴敬梓的自况，这大概没有什么可疑。但作为艺术作品，对读者来说，重要的显然是那被作者创造出来的已完成的艺术形象，而不是那据以加工的生活中的原始材料。作家如何处理他的原始材料，把它们集中、凝聚、省略、舍象、变形或赋以虚构的特点，这是他自己的权力，也是他的艺术能力的体现。一个不能熔铸生

---

① 《鲁迅全集》第六卷，第415页。

活而使之按照美学的标准重现在作品中的作家，能谈得上什么创造！要求作家把对象事无巨细地全盘搜罗到作品中去，纯粹是对艺术无知的僧侣主义的论调。胡适，以及曾经风行一时，至今犹未绝迹的资产阶级考据学派，在他们解说艺术作品时，便以穷究艺术形象的原始资料为能事，拼命找寻这个人物或那个事件的出处和端倪，甚至常常不惜牵强附会，自圆其说，至于罗陈离题万里的资料以夸渊炫博，则更为惯见。遂使《儒林外史》也和被他们所染指过的许多古典名著一样，其真实的价值反被蒙尘于烦琐的考据堆里。

当然也必须说明，我们并不一般地反对研究作家所赖以创造作品的那实生活中的种种，追索作品中所反映的生活的自然形态。但却绝不能把这种考证当作研究作品的主要的甚至是终极的目的，一如胡适所代表的烦琐学派之所为。研究作家的身世和他在作品中所处理过的实生活，只能作为一种引线，使我们通过对作家所经历的实生活的考察，更好地理解作家如何将如此如彼的生活现象升华为艺术；使我们从生活的自然形态到艺术的完成之间的参照中，更好地理解作家的创造过程，他的把握生活、铸炼形象的艺术态度、艺术力和艺术方法等等，借以取得更多的教益。但重要的一点是，虽然这种对作家的身世和原始材料的研究是重要的，然而无论如何不能把它的重要性置之于直接研究作品之上。也即是说，理解作品，更应该直接从作品本身入手。而且即使是研究作家，也还是必得从作品追溯上去，回头归结到作品，并以作品为主要的根据。否则，便不免离题旁骛，摸索到和作品不相干的道路上去。从前的"红学家"和西洋的有些"莎学家"，荷马研究家，他们做了很多烦琐的考证功夫，但对我们理解他们所治的本题，即作品本身，却帮助很少；其主要原因之一就是他们的研究远远离开了作品。他们之间的许多人确有不少发现，但他们已变成了历史学家、考古学家、音韵学家、民俗学家，却不能算作文学研究者，甚至连欣赏者也称不上。作家交给我们的是他的作品，他所要告诉读者的生活和他所想发表的意见都写在作品里，那么我们也就要走向作品；研究作家也不过是为了能更好地走向作品。肯定了这一基本之点，对作家的身世和生活的原始材料之研究才不至于落空，才不至于离题旁骛而能免于陷入烦琐主义的泥淖。

　　既然我们研究作家所处理过的原始材料不过是为了有助于对作品的理解，既然作家投送出来的是艺术形象，而不是生活的自然形态，那么企图将小说中人物拉回到真人真事的位置上去的任何尝试，都只能是对于作品的肢解，对于作品的现实主义的价值的贬抑。在《儒林外史》的场合，我们坚决反对像胡适等人那样地斤斤以对照杜少卿和吴敬梓、马二先生和冯执中、牛布衣和朱草衣等等之间的巨细事实是求；而主要的应该认取作家课予他的人物以作品中的一个什么地位，借他们的活动显示了一种什么关系，在这些人物身上揭露了一种什么样的社会力量的本质，以及通过他们，艺术家对他所表述的社会现象做了什么样的思想评价，等等。

任何作家都被他自己一生的经历、他的生活经验所决定，所限制；他不能在自己所拥有的生活之外去创造一个真实的形象。因此，他的人物也必然源自他所曾经接触过的社会中人，或源自他所接触过的众多的人们在他脑里所凝成的综合的印象。所以，"关于诗人的性格、生平和他所接触的人们，我们知道得愈多，就愈能在他的作品中看出活人的肖像。在诗人所描写的人物中，不论现在或过去，'创造'的东西总是比人们通常所推测的少得多，而从现实中描摹下来的东西，却总是比人们通常所推测的多得多，这一点是很难抗辩的"①。但是，任何一个够得上称为艺术家的作家，都不会而且也不可能原封不动地描画下生活的自然形态，而总是按照自己的目的从生活中取材并加以改造的。在论及艺术作品中的人物时，爱伦堡做过这样出色

① ［俄］车尔尼雪夫斯基：《生活与美学》，周扬译，人民文学出版社1957年版，第78页。

的经验之谈：

> ……依我看来，作家非常难得把真正存在的人写在他的小说中，如果他真的这样做了，他在描写的时候也是有所改动。……甚至在实有其人、人物都用真姓名的历史小说中，作者也总是赋予这些人物以这些或那些虚构的特点，这是由作者如何了解他们的作用、如何说明他们的行为来决定的。……
>
> 一般说来，小说中的人物都和合金一样；他们是在碰到了许多人之后才创造出来的，作者把他自己的全部生活经验都放在这些人物身上。和作者接近的人，一定会很奇怪地看到他们所熟悉的事件改头换面地出现在他的小说中：他们的话由别人的嘴里说出来；他们一个老朋友的外表却落到一个经历完全不同的人身上去了。①

不是吗，当我们在参稽那些出现在《儒林外史》里的雍乾间诸文士的实际材料时，也常常发现许多似是而非的事迹，在实生活和作品之间保有距离，作了奇妙的变形。这是因为，以

---

① ［苏联］爱伦堡：《谈作家的工作》，叶湘文译，人民文学出版社1954年版，第36、37、38页。

他同时代的真实人物为画题的吴敬梓笔下的造像，是服从着作者表述其对生活现象的批判这一思想要求的。因此，这些造像的艺术真实性正在于它们脱胎于那些真实人物，同时又赋以普遍的、概括性的涵义。这些人物已经成了吴敬梓所独创的人物，而不再是那些实有的人了。正如鲁迅所说："……纵使谁整个的进了小说，如果作者手腕高妙，作品久传的话，读者所见的就只是书中人，和这曾经实有的人倒不相干了。例如：《红楼梦》里贾宝玉的模特儿是作者自己曹霑，《儒林外史》里马二先生的模特儿是冯执中，现在我们所觉得的却只是贾宝玉和马二先生，只有特种学者如胡适之先生之流，这才把曹霑和冯执中念念不忘的记在心儿里：这就是所谓人生有限，而艺术却较为永久的话罢。"①

特种学者胡适以及所有烦琐的自然主义者，是从不理解艺术典型这个概念的。他们不能理解，正因为吴敬梓不拘拘于拷贝真人真事，才能以他所创造的人物为代表，描绘出那个时代的儒林中人的典型的面貌，从而通过这些人物的生活和精神状态的栩栩如生的刻画，揭发了该诅咒的科举制度的弊害，以及产生这一制度的、为这一制度影响的整个社会关系的病态，给

---

① 《鲁迅全集》第六卷，第523页。

予旧社会以无力招架的一击。

四、风格即人

才子珠为唾，

先生铁作肝。

——《赠李俶南》

《儒林外史》不仅攻击罪恶的科举制度，暴露在这一流毒深重的奴役制度下的知识分子的残废的精神状态；而且，通过对"儒林"，对上层社会生活的描绘，吴敬梓完成了一幅当时社会的相当全面的、真实的、深刻的风俗画。他"用记述风俗的方式"，"给我们提供了一部……'社会'底卓越的现实主义历史"①。诚如鲁迅先生在《中国小说史略》中所评，作者"既多据自所闻见，而笔又足以达之，故能烛幽索隐，物无遁形，凡官师，儒者，名士，山人，间亦有市井细民，皆现身纸上，声态并作，使彼世相，如在目前……"②。吴敬梓所展示给我们的

---

① 恩格斯评巴尔扎克语。引自《马克思恩格斯全集》中译本第三十七卷，第41页。

② 《鲁迅全集》第九卷，第367页。

生活图景是如此地鲜明生动，以至它比任何历史都更明晰、更深刻地暴露了那个乌烟瘴气的社会的本质。他以特殊的明朗性和烛照力揭发着生活，从表面直透底蕴；把一切五花八门的假面具，从与人民为敌的阶级代表的脸上剥掉，还他们以丑恶的、可笑可鄙的真面目；给那些衣冠楚楚、道貌岸然的老爷们写下了历史的公正的判词，指明他们是阻碍社会前进的、否定的、腐朽的东西，是不劳而获的、对社会毫无贡献的多余的废物，是人民的蠹虫。

然而，要揭发生活，给予生活以判决，非但要透彻地认识生活，而且在生活中也必须是一个顽强的人，不为庸俗的势力所压垮才行。中国小说史上讽刺世态人情的作品不在少数，鲁迅说："寓讥弹于稗史者，晋唐已有，而明为盛，尤在人情小说中。然此类小说，大抵设一庸人，极形其陋劣之态，借以衬托俊士，显其才华，故往往大不近情，其用才比于'打诨'。若较胜之作，描写时亦刻深，讥刺之切，或逾锋刃，而……每似集中于一人或一家，则又疑私怀怨毒，乃逞恶言，非于世事有不平，因抽毫而抨击矣。其近于呵斥全群者，则有《钟馗斩鬼传》十回，……取诸色人，比之群鬼，一一抉剔，发其隐情，然词意浅露，已同谩骂，所谓'婉曲'，实非所知。迨吴敬梓《儒林外史》出，乃秉持公心，指摘时弊，机锋所向，尤在士林；

其文又戚而能谐，婉而多讽：于是说部中乃始有足称讽刺之书。"① 那些打诨、谩骂、泄私愤的作家，便是车尔尼雪夫斯基所指的"精神活动微弱"的作家，他们在自己的生活里本来就没有和世俗抗衡、和旧势力搏战的坚韧的力，所以便不能接触生活的内部，无法发掘生活中的本质的东西。不是"词意浅露"，流于肤面；便是"大不近情"，失之虚伪。而吴敬梓，他在自己的生活里就是一个叛逆者，具有在混浊的世界里睥睨一切的胆力。他在废弃祖荫、卑视仕进、辞避征辟等一系列悖逆士大夫常规的行为中受尽了庸奴的诟责和歧视，却能傲岸地安之若素。金兆燕在一首吊他的长诗中描写他的气概道：

> 嗟哉末俗颓，满眼魍魉魑魅。
>
> 执手渺万里，对面森九嶷。
>
> 丈夫抱经术，进退触藩羝；
>
> 于世既不用，穷饿乃其宜。
>
> 何堪伍群小，颠倒肆诋欺！
>
> 先生豁达人，饷糟而啜醨；
>
> 小事聊糊涂，大度乃滑稽。

---

① 《鲁迅全集》第九卷，第366页。

安所庸芥蒂，且可食蛤蜊……①

人们的讪笑诋諆他毫不在意，他不但在生活细节上不搭士大夫的臭架子，"有时倒着白接䍦，秦淮酒家杯独持，乡里小儿或见之，皆言狂疾不可治"②；而且也蔑视虚伪的礼法的约束，使世俗震惊。我们知道《儒林外史》中的杜少卿，是作者的自况，且看第三十三回中《杜少卿夫妇游山》一段：

> 又过了几日，娘子因初到南京，要到外面去看看景致。杜少卿道："这个使得。"当下叫了几乘轿子，……两三个家人婆娘都坐了轿子跟着，借清凉山一个姚园，……席摆在亭子上，娘子和姚奶奶一班人上了亭子，观看景致。……
>
> 坐了一会，杜少卿也坐轿子来了。轿里带了一只赤金杯子，摆在桌上，斟起酒来。……这日杜少卿大醉了，竟携着娘子的手，出了园门，一手拿着金杯，大笑着，在清凉山冈子上走了一里多路。背后三四个妇女嘻嘻笑笑跟着，两边看的人目眩神摇，不敢仰视。……

① 金兆燕：《甲戌仲冬送吴文木先生旅榇于扬州城外登舟归金陵》。
② 金兆燕：《寄吴文木先生》。

这在我们今天看来，带着爱人逛花园，是平常不过的事；但在礼法森严，讲究"男女之大防"的封建宗法社会里，带着妻子抛头露面，招摇过市，却是使路人侧目，为冬烘先生所蹙眉、道学家所疾首的大胆的举动。敢于这样违背礼法率真任情的人，才能深切地认穿礼教的虚伪，痛恨礼教的虚伪，暴露礼教的虚伪。吴敬梓所以才能在《儒林外史》中，勾勒出范进"遵制丁忧"时拘谨得连象牙筷也不肯用，但却大吃其燕窝虾圆的假道学的面孔（第四回）；刻画出苟玫为了不肯耽误做官而企图隐瞒母亲的丧事的士大夫的"孝"的内幕（第七回）；揭露出王玉辉大笑着鼓励女儿饿死殉节，而事后转觉伤心，凄凄惶惶地神经失常的礼教和良心冲突的内心矛盾等等。吴敬梓在对于虚伪的礼教所采取的否定态度上，显示了他的高贵的良心，他的人道主义的精神。

另一面，吴敬梓又是一个宽厚的仁爱的人，自己饱尝了人间的艰辛困厄，而对人却怀着一颗亲切浑厚的同情的心。他的家产就是在扶危济困的豪举中花光的，这在《儒林外史》对杜少卿的描写中可以看出其大概；直到自己也穷得走投无路时，还自己寻衣服当了四两银子送给郭孝子（第三十八回）。他带着爱心写的马二先生，便是肯将自己的束脩倾囊解救蘧公孙的灾祸的肝胆相与的热肠君子（第十三、十四回）。金和在跋文里说他"生平至敬服者，惟江宁府学教授吴蒙泉，故书中表为上上人物"；这上上人物就是虞博士。他所着力写这人物的，也是表扬他的厚道和体恤人的心怀。第三十七回中武书和杜少卿的对话中便写出了吴敬梓对这样的人性的敬仰：

武书道："这一回朝廷传旨是甄别在监读书的人，所以六堂合考。那日上头吩咐下来，解怀脱脚，认真搜检，就和乡试场一样。考的是两篇《四书》文，一篇经文。

"有个习《春秋》的朋友竟带了一篇刻的经文进去；他带去也罢，上去告出恭，就把这经文夹在卷子里，送上堂去。天幸遇着虞老师值场，大人里面也有人同虞老师巡视。虞老师揭卷子看见这文章，忙拿了藏在靴筒里。巡视的人问是什么东西，虞老师说：'不相干！'等那人出恭回来，悄悄递与他：'你拿去写！但是你方才不该夹在卷子里拿上来；幸得是我看见，若是别人看见，怎了？'那人吓了个臭死。

"发案考在第二等，走来谢虞老师，虞老师推不认得，说：'并没有这句话，你想是昨日错认了，并不是我。'

"那日小弟恰好在那里谢考，亲眼看见。那人去了，我问虞老师：'这事老师怎的不肯认？难道他还是不该来

谢的?'

"虞老师道:'读书人全要养其廉耻,他没奈何来谢我,我若再认这话,他就无容身之地了。'

"小弟却不认得这位朋友,彼时问他姓名,虞老师也不肯说。先生,你说这一件奇事可是难得?"

杜少卿道:"这也是老人家常有的事。"

武书道:"还有一件事,更可笑得紧。他家世兄陪嫁来的一个丫头,他就配了姓严的管家了。那奴才看见衙门清淡,没有钱寻,前日就辞了要去。虞老师从前并不曾要他一个钱,白白把丫头配了他;他而今要领丫头出来,要是别人,就要问他要丫头身价,不知要多少!虞老师听了这话,说道:'你两口子出去也好,只是出去,房钱、饭钱都没有!'又给他十两银子,打发出去,随即又把他荐在一个知县衙门里做长随。你说好笑不好笑?"

杜少卿说:"这些做奴才的有什么良心,但老人家两次赏他银子,并不是有心要人说好,所以难得。"

吴敬梓的所以敬佩这样的人,是因为他自己便是助人不望报,甚至不望人知的宽大仁厚的人。自然,吴敬梓所主张的宽厚,其精神近乎儒家的恕道,而且多少带有些好好先生的味道;

而更进一步，又暴露了他的气度，只不过是高高在上的施与者对不屑与之计较的卑下人物的恩赐，这是和他的出身有关的落后的精神状态的一面；但这，却也和反对刻薄，提倡厚道的我国善良的劳动人民的传统美德一致的。这种精神和情操的一方面，可以发展为隐忍、退让和妥协，这就是吴敬梓虽然极端不满丑恶的现实，但仍只得标榜王冕式的隐逸，带着点与物无竞的清高思想来傲视庸俗的舆论，避免和世俗同流合污的原因；这种精神和情操的积极的一面，则引导人推己及人地关怀群众，因此而热烈地爱慕善良的事物。有所热爱，才能有热烈的憎；"能杀才能生，能憎才能爱，能生能爱，才能文"①。所以对生活怀有热烈的感情的吴敬梓才能突入生活，暴露那些污浊丑陋的东西，并给以严正的、艺术的判决。

既然吴敬梓无情地暴露了社会中的黑暗现象，揭穿了那些危害人民，危害正当的社会生活的恶势力的底蕴，把它们当作犯罪的东西，给了它们致命的抨击，致命的嘲笑；那么，他的抨击就是反映了被压迫人民对恶势力的仇恨、鄙视和反抗，而且也必然更激起人民的仇恨、鄙视和反抗的怒潮；那么，他的嘲笑就是反映了历史的主角的人民对于终归死亡的落后事物的

---

① 《鲁迅全集》第六卷，第400页。

胜利信心和优越感，而且也必然将人民摧毁反动力量的信心和优越感鼓舞得更为高昂。这样，诗人就充分地提出了生活中的基本政治问题。而《儒林外史》，是"秉持公心，指摘时弊，机锋所向，尤在士林"的；这些"士林"人物，则又不仅是那时代的统治思想的代表，而且是掌握广大人民生杀予夺之权的现任或未来的直接统治者，是被压迫人民面对面的敌人。所以，对他们的揭露，把他们的丑态公布于社会之前，使人民认清敌人的底细，便是对封建统治制度的要害进行了攻击；而这一攻势的胜利，便把封建统治者的装潢精致的道学、礼教等仁义道德的招牌一起打碎，使反动势力的最锐利的精神武器变成了戏台上的假刀假枪、废铜烂铁。同时，借了这一攻击的胜利，也就照明了狙击手自己的顽强和坚韧。

风格即人，吴敬梓是强者。

五、吴敬梓的理想人格

抗志慕贤达，

悠悠千载余。

——《登周处台同王溯山作》

以知识分子的活动为画面的中心，点染出了封建社会的风习，并且给了那些旋转于功名利禄圈子内外的各色人物，以及将他们的灵魂塑捏得如此庸劣的科举制度以着力的一击，这在吴敬梓，是为了理想而进行否定的。为了标示他的理想，吴敬梓在《儒林外史》的开端，便作了一篇"敷陈大义"的"楔子"，举起了一个"隐括全文"的"名流"王冕。王冕这一人物的不慕名利，痛恨权势，不愿与统治集团同流合污的恬淡而高洁的品质，便是吴敬梓所心仪的理想的人格。王冕反抗现实，采取的是隐退的方法，其结果不过是保全令节，独善其身而已。然而，这究竟要比"向任何新朝俯首"，诌媚权势，贪求荣利的毫无操守之徒要高出万倍。在十八世纪的历史条件下，特别是阶级矛盾和民族矛盾处于一种特殊的交叉状态的当时的现实中，吴敬梓笔下的王冕这样一个人物确也有值得士大夫师法之处。吴敬梓举起这样一个人物，便是要建立一个"嵚崎磊落"的正面的榜样，以便给反面的人物，那些当时的卑劣的儒林中人和他们的生活方式以毁灭性的揭露。而且描写王冕的这一"楔子"，也真是《儒林外史》中最精彩的篇章之一；它可以无愧地作为中国古典小说中的现实主义的范例来看待。关于这，后面还要提到。

被吴敬梓当作文人的楷模标示出来的元末的逸士王冕，研究者曾疑为是以王溯山为模特儿的①；其实，与其说王冕是影射王溯山，倒不如说他更近似活跃在吴敬梓思想中的王宓草的影子。《文木山房集》中有《挽王宓草》一首：

　　　　白鬓负人望，今见玉棺成。

　　　　高隐五十载，画苑推耆英。

　　　　箧贮《宣和谱》，图藏佛菻形。

　　　　九垓岂烦拟，一笔能写生；

　　　　毫端臻神秀，墨晕势纵横。

　　　　装池抽玉躞，观者愕然惊。

　　　　悬金在都市，往往收奇赢。

　　　　幽居三山下，江水濯尘缨。

　　　　窗前野菊秀，户外汀花明。

　　　　挥手谢人世，缑岭空箫声。

　　　　卿辈哀挽言，或恐非生平；

　　　　顾陆与张吴，卓然身后名。

　　　　　　　　　　　（重点是我加的。——引用者）

---

　　① 赵景深：《读"儒林外史"》一文中说："集中（按：指《文木山房集》。——何满子）有《题王溯山左茅右蒋图》，我疑心《外史》第一回的王冕，就是影射王溯山的。"（《小说闲话》，北新书局1937年版，第256页。）

诗中的"高隐五十载""悬金在都市"等句，是和《儒林外史》中描写王冕的情节相符合的。而诗末对王宓草的推崇，也和吴敬梓对王冕这一人物的评价一致。尤其是，这王冕是"一个画没骨花卉的名笔"，而王宓草，正好也是"没骨图"派的画家。王渔洋在《香祖笔记》中曾经提到过他：

> 宋初收江南，西蜀徐熙、黄筌父子，皆入京师。筌画花卉，但以轻色染成，不见墨迹，谓之写生。熙以墨笔画之，殊草草，略施丹粉，而神气生动。筌恶其轧己，言其不入格，罢之。熙之子乃效诸黄之格，更不用墨，直以粉色图之，谓之没骨图。画花鸟者，今有此两种。如近日姑苏王武，熙派也；毗陵恽寿平、金陵王概，筌派也。二派并行，不可相非，惟观其神气如何耳。概字安节，诗人方文（嵞山）之婿；与兄著字宓草皆以工花鸟擅名，诗亦不凡，著初名尸，概初名丐，后改今名。亡友汪钝翁，赠吴人文点（与也）诗云："君家道韫擅才华，爱写徐熙没骨花"……①

---

① 《香祖笔记》卷十一。王士禛关于没骨图的史实，抄自沈括《梦溪笔谈》卷十七《书画》篇所记。引文中的重点为引用者所加。
又《四库全书总目提要》卷二十八子部"小说家存目"中，录有王宓草作的《豆区八友传》一卷，谓"王著字宓草，秀水人"。又称其书"成于崇祯十二年"。据此，王宓草实非金陵人，或系寄寓金陵。其人又为明遗老，恰与王冕之跨两朝相同。

王溯山籍贯不详，但也住在南京，观《文木山房集》中《雪晚怀王溯山山居二十韵》一诗中的"锺阜浓于染，茅山翠欲沉"一联可知。而读同诗起句"十日不相见，相思契转深"和《登周处台同王溯山作》一首，可断定他是吴敬梓的稔交密友，年龄是相仿的，恰是王宓草的晚一代，不知他是否竟是王宓草的后人。

但考证吴敬梓究竟以谁为模特儿写出王冕，如前所述，在研究艺术作品本身的价值时是没有多大意义的。吴敬梓笔下的王冕，作为一个艺术典型，并不是这个或那个活人的写真式的临摹，而是许多人物的集中的绘写，一种社会势力的代表；当然，他又具有鲜明的个性的特征。

王冕这一历史人物，曾经有不少人记述过；他的同时代人宋濂、清初的朱彝尊等，都替他写过传，《明史·文苑传》也记叙了他的生平；但是《儒林外史》中的王冕，却是吴敬梓自己独创的人物。吴敬梓把他自己认为高尚的品质，把他在同时代里的人们身上所看到的性格中的优美的一面都加到了王冕这一理想人物的身上。吴敬梓也在王冕这一人物身上寄附着自己的抱负，甚至以他自况。作者和他的人物之间的重要事迹是相同的：两者都不求闻达，都辞掉了征辟；甚至于一些处世行径和生活的细节上，都有类似之处。金兆燕《寄吴文木先生》一诗中说他"蒲轮觅径过蓬户，凿坏而遁人不知。有时倒著白接𩏢，秦淮酒家杯独持；乡里小儿或见之，皆言狂疾不可治"。王冕也正是这样，在时知县下乡来找他时，他便人不知鬼不觉地偷偷地溜走了。王冕也是"在《楚辞图》上看见画的屈原的衣冠，他便自造了一顶极高的帽子，一件极阔的衣服；遇着花明柳媚的时节，把一乘牛车载了母亲，他便戴了高帽，穿了阔衣，执着鞭子，口里唱着歌曲，在乡村镇上，以及湖边，到处顽耍；惹得乡下孩子们三五成群跟着他笑，他也不放在意下"的悠然自得的人。吴敬梓评定王冕的四字是："嵚崎磊落"；金兆燕在《寄吴文木先生》的首一句，也说"文木先生何嵚崎"；同样一个形容词可以并用在他们两者身上，可见他们的心性行止的一致处。吴敬梓是将自己投入了这个人物，而以这人物阐述自己理想的人生境界，用这人生境界来批判人生的。

但在历史上，王冕式的隐逸人物有的是，吴敬梓何以单单选中了王冕作为心仪的典型呢？这不仅由于时代较为接近；也不仅由于他自己的交游中，有足资取材以血肉王冕这一形象的人物如王宓草之类。说是王冕也反对科举制度而和吴敬梓的主张吻合吗？其实宋濂、朱彝尊以及《明史·文苑传》中所有对王冕的记载，从来没有一处说过王冕有反对科举制度的言论；王冕反对科举，这是吴敬梓的艺术的虚构。检阅史乘和私家笔记中关于王冕的记载，以及王冕自己的《竹斋集》，都没有他擅长于画荷花的线索。王冕是以画墨梅名世的。他自己的题咏，也都以梅花为材。但吴敬梓在《儒林外史》中，却把梅花改成荷花。这不能不使人想到，他是以"出污泥而不染"的标格去品题王冕的。还有，前面已经提到，吴敬梓的以王冕为理想人物，并借这个人物为中心，勾勒出来的这幅元、明易代的历史画景中，其实是带着非常委婉、非常错综的情绪宣泄了他的民族思想的。

在《儒林外史》这篇深刻而优美的楔子中，作者倾注了他的主要思想，他对生活的美学的总的评价。否则，吴敬梓绝不肯命以"敷陈大义""概括全文"这样的题目。这篇有非凡的艺术深度、强度和广度的笔墨酣畅的楔子中，作者集中了斗争的各个侧面。其一个侧面，则是当时正直的士大夫视为天经地义的反异族统治的思想。作为正面人物王冕的迫害者，便是屈身异族的官吏时知县和能投靠任何统治者的鼎鼎大名的危素；吴敬梓对这几个可憎的人物，虽只有极简单的写意画式的几笔，但实在充满了鄙恶的精髓。这些人物不能不是作为压迫汉族人民特甚的元朝统治的代表出场的，通过对他们的憎恨以及王冕在漫游途中对时代的观感，也不能不是对蒙古贵族统治下的那个时代的对抗精神的表述。相反，吴敬梓是带着热爱的笔描写了光复故土的朱元璋的。看他写朱元璋和王冕会晤的神采奕奕的几笔：

> 一日中午时分，王冕正从母亲坟上拜扫回来，只见十几骑马，竟投村里。为头一人，头戴武巾，身穿团花战袍，白净面皮，三绺髭须，真有龙凤之表。到了门首，下了马，向王冕施礼道："那里是王冕先生家？"
>
> 王冕道："小人便是。"
>
> 那人喜道："如此甚妙！特来晋谒。"吩咐从人下马，屯在外边，把马都系在树上，独和王冕携手进到屋里，分宾坐下。……
>
> 王冕道："乡民肉眼不识，原来就是王爷！但乡民一介愚人，怎敢劳王爷贵步！"
>
> 吴王道："孤是一个粗鲁汉子，今得见先生儒者气象，不觉功利之见顿消。……"
>
> 两人促膝谈到日暮，那些从者都带有干粮。王冕自到厨下，烙了一斤面饼，炒了一盘韭菜，捧将出来陪着。吴王吃毕，称谢教诲，上马去了。

看，他把朱元璋这个反抗异族的领袖塑造得何等可爱可亲，俨然是一个仁义之师的统率者。须知，这里所描写的朱元璋，是和实际生活中的朱元璋的真相全然不同的；须知，吴敬梓笔下的王冕，本来是对权势人物毫不假以颜色的。对照起王冕对时知县、危素辈的趋避犹恐不及的憎恶态度来，更显出了作者对于反抗异族恢复故土的朱元璋的肯定态度。如果以隐逸之士的王冕拒见权要论，那么吴王岂不比知县、学士更尊贵得多？何以一则促膝倾谈竟日，一则唾弃唯嫌不屑呢？更具深意的是，后来惩罚危素，使之出丑的，也正是朱元璋。在前后牵引的整个意象上，难道这不是饶有深意的极具匠心之笔吗？

　　人们会说，元、明易代和明、清易代，两者在民族关系的情况上完全相反，不能并比。可是，如果要机械地将吴敬梓的小说来排比史实，那就会得出可笑的结论。《儒林外史》写的明朝的事，而实际却是清代生活的反映，这又怎么解说呢？作家通过艺术形象表露他的思想，常常采取着委曲奇妙的形式，有如物像通过折光而呈现。有时，在他的思想感情无法正面地宣泄的场合下，有时，某种思想感情处于被压抑的或比较朦胧的状态下，常常自觉或不自觉地会在一种看来是无关的对象上找到倾吐的出路，变形地表达出那种潜怀着的思想感情的影迹。吴敬梓的被压抑的民族思想便是以委婉的、近乎借题发挥的形式吐露的。上述楔子中的这一呈现是一例，书中对《高青邱集》

的影射等，也都不是偶然之笔。第九回中还有极值得注意的地方，也牵涉到朱元璋，这里是乡老邹吉甫对娄家二公子的诉说：

> 邹吉甫道："再不要说起，而今人情薄了，这米做出来的酒汁都是薄的。小老还是听见我死鬼父亲说，在洪武爷手里过日子，各样都好，二斗米做酒，足有二十斤酒娘子。后来永乐爷掌了江山，不知怎样的，事事都变了，二斗米只做得出十五六斤酒来。……"

> 邹吉甫吃着酒，说道："不瞒少老爷说，我是老了，不中用了！怎得天可怜见，让他们孩子们再过几年洪武爷的日子就好了！"

这种对前代的缅怀，对新朝的无可奈何的反感是深沉痛切的。在前面论及当时历史条件下知识分子的民族观念时，我们也提到了处于这样一种道德规范下的吴敬梓的微妙心理。在吴敬梓的场合，他如果不想脑袋搬家，九族诛戮，难道他敢不用"永乐爷"来代替"顺治爷"吗？他的反抗新朝统治的民族主义的感情，能够不用隐晦曲折的形式来表述吗？

人们会说，而且已经屡见不鲜地在说，凡是产生在元、清等少数民族统治时代的进步作品，如果说它们一定表现了民族思想，这是一个与内容不相符合的标签；因之如果说吴敬梓的《儒林外史》具有民族思想，便是一种主观主义、公式主义的武断。人们甚且还从新发现一些吴敬梓的佚诗中，以其有歌颂清朝的语句而大喜过望地作为吴敬梓并无民族思想的把柄。其实，要找这类把柄，何必要到佚诗中去找？《文木山房集》中不是有他的应博学鸿儒省试的制艺文章吗？那岂不全然是在歌颂清朝！在清王朝的统治已经牢固地建立，人们已经数代地、长期地习惯于这种统治秩序的时候，不要说斧钺的威焰使人慑服，习惯的、社会势力的熏染也不能使一个文人免于有歌颂当朝的应景之作。何况一个旧时文人的思想并不是单纯的，以反对科举、轻视功名利禄这一点来说，吴敬梓大概没有疑问的吧，然而吴敬梓岂不是也有"家声科第从来美"之类的令人颇为泄气的感情吗？那么，他一面又未能免俗地歌颂清朝，一面又具有民族思想的矛盾状况，有什么值得奇怪的呢？说元、清文人的进步作品都具有民族思想，固然是主观主义的武断，说他们之中的许多高尚杰出的人如吴敬梓丝毫没有民族思想，这也很难说是客观的科学论断，也难说是恰符内容的标签，不过是将错综繁复、委婉曲折的精神世界作了简单化的理解的主观主义的另一极端罢了。

当然，承认《儒林外史》以及以王冕为中心的楔子中含有民族思想，并不是说吴敬梓的思想主要在于民族思想这一面。和《儒林外史》全书相一致的，他写王冕的最主要的一点，是他轻视功名富贵。所谓功名富贵，用现代的语言来说，就是爬上了统治人民、剥削人民的地位。那么吴敬梓，首先，他就反对那些骑在人民头上的"肉食者"；因为他从现实生活里深深领教了这些人的一切，他们只有使他痛恶和发呕。其次，他就认为公道、良心和真理不在那些功名富贵的人们的一边，而是在和他们相对立的被统治者的一边。所以，在历史人物中，这出身于贫苦农民家庭中而终身不仕的王冕，便是最适合的最理想的人物。这和他在《儒林外史》结尾处写了四个"市井奇人"一样，说明他只能在下层阶级中寻得接近理想的人性；在统治阶级队伍里，在富贵功名的征逐场中，他的寻觅已经落了空，他再也不能发现一个像样的人了。

因此，对功名富贵的态度，便是吴敬梓考验人品的试金石。《儒林外史》卷首闲斋老人的序写道：

其书以功名富贵为一篇之骨：有心艳功名富贵而媚人下人者；有倚仗功名富贵而骄人傲人者；有假托无意功名富贵以自为高，被人看破耻笑者；终乃以辞却功名富贵，品地最上一层，为中流砥柱。篇中所载之人，不可枚举；

而其人之性情、心术，一一活现纸上。读之者无论是何人品，无不可取以自镜。

吴敬梓便以王冕这样的理想人物为中流砥柱；那些蠕动于富贵功名圈里的侏儒们，都在和王冕的对照下露出了他们的丑相；而被吴敬梓收摄在他的"烛幽索隐"的镜子——《儒林外史》中去了。

六、照妖镜下的封建社会

> 仰天长啸夜气发，
>
> 丝丝鬼雨逼雕阑。
>
> ——《病夜见新月》

《儒林外史》是一面镜子，一面封建社会的照妖镜。

这面照妖镜照出了那些大人先生，那些蠢物的原形。这些家伙在科举制度的巨网下，有的苍蝇似的乱碰乱撞，有的得意嗡鸣，有的目光如豆，有的嗜血若命。他们在功名捞不到手时，在贡院里寻死寻活，满地打滚，号啕大哭，商人们给他凑钱捐了个监生，他便跪下地来，叩头谢恩（周进）；在考中以后，乍听捷报，喜出望外，竟至痰迷心窍，发疯害癫，直到人家打他一耳光，才省悟转来（范进）；考不取的，就怨天尤人，大骂世道不对，帘官主考不通（娄三公子、娄四公子、汤大爷、汤二爷）；考取了的，就自命不凡，夸着"有操守的到底要从科甲出身"，有了功名才有资格谈圣贤之书，至于没有发过的秀才，也竟敢"来解圣人之经，这也就可笑之极"（高翰林）；要不就认为天下学问，一股脑儿都在八股文上，"八股文章若做的好，随你甚么东西，要诗就诗，要赋就赋，都是一鞭一条痕，一掴一掌血；若是八股文章欠讲究，任你做出甚么来，都是野狐禅，邪魔外道"（鲁翰林）。把"既非经传，复非子史，展转相承，皆杜撰无根之语"① 的几句烂八股视同至宝，而竟至认为"士不工四书文不得为通"②。

既然八股文是包罗万象的学问的精华，那么，一个官居学道、职司衡文的人，他的八股考卷被考取他的恩师周进赞叹为"天地间之至文，真乃一字一珠"的人，他总该是个通才了吧，可是实际上呢，他竟连苏轼是哪一朝人也闹不清楚；他满脑子只记挂着应付关节，要找出老师吩咐他提拔的荀玫的卷子来；当幕客们拿数百年前的苏轼跟他开玩笑时，他却愁眉苦脸地说：

①　顾炎武：《日知录》卷十六，"经义论策"条。
②　语见章学诚：《答沈枫墀论学书》。

"苏轼既文章不好，查不着也罢了。这荀玫是老师要提拔的人，查不着，不好意思的。"——瞧，这便是精通八股文的范学道闹的笑话。

又如，一个当房官、做知县的三考出身的人，八股文总不致欠讲究吧，可是他却把一个不学无术的举人（也发过的！）张静斋的胡扯八道的传闻之谈确信为"本朝确切典故"，而且作为办案的殷鉴，弄得几乎丢官。——这便是汤知县的"佳话"。

难道这些精通八股，"学而优则仕"的冠盖中人真的这样荒唐，这样不学无术吗？吴敬梓是由于"嫉时文士如仇"，因而才作了这样过分夸张的描写吗？一点也不！这正是这类人物的极真实的刻画。现实主义者的吴敬梓在细节描写上也是极忠实于现实的①。触手碍眼地充塞于他周围的有的是这样的"通才"。不信吗，王渔洋的《香祖笔记》中，就记叙过类似的真人真事：

> 莱阳宋荔裳（琬）按察言："幼时读书家塾，本邑一前辈老科甲过之。问：'孺子所读何书？'对曰：'《史记》。'又问：'何人所作？'曰：'司马迁。'又问：'渠是某科进士？'曰：'汉太史令，非进士也。'遽取而观之，

---

① 不知苏轼为何物的故事是从钱谦益的《历朝诗集》中取来的。原记嘉靖间汪伯玉事。周亮工的《因树屋书影》中也有同样的记述。

读未一二行，辄抵于案曰：'亦不见佳！'……"（卷八）

> 顷有太学生某来谒，言："近日旗下子弟，竞尚一书；书肆价值，为之顿贵。"因叩何书，某俯首久之，对曰："似为《文选昭明》。"余匿笑而罢。（卷五）

这些"有操守"的八股专家们"通"得令人多么可怕！

然而，这些可怕的通才，这些不知《史记》、司马迁、《昭明文选》为何物的糊涂虫，在压榨人民、贪赃枉法上，却表现得非常精明；在这些上面才显出了真正的干才的样子。像王惠那样，老早就记住了"三年清知府，十万雪花银"的"典故"；一上任，来不及干别的，先就"钉了一把头号的库戥，把六房书办都传进来，问明了各项内的余利，不许欺隐，都派入官；三日五日一比，用的是头号板子，把两根板子拿到内衙上秤，较了一轻一重，都写了暗号在上面；出来坐堂之时，吩咐叫用大板。……这些衙役百姓，一个个被他打得魂飞魄散。合城的人无一个不知道太守的利害，睡梦里也是怕的"。而这样贪酷的结果，他便立刻以干员见称，飞快地升了官。

至于那些科场败北，捞不到一官半职的，就胡诌几句歪诗，混充雅人；这些人物以类聚地结成一条"名士"阵线，互相吹捧，晃来晃去。反正目的都是为名为利，条条大路可以通罗马的。正如头巾店老板又兼做名士的景兰江诗人议论医生兼名士的赵雪斋诗人时所说的："可知道赵爷虽不曾中进士，外边诗选上刻着他的诗几十处，行遍天下，哪个不晓得有赵雪斋先生？只怕比进士享名多着哩！"在科举制度的魔影下，名士迷说到底还是进士迷。

而且，名士有时比世家还要吃香。连冢宰子弟的胡三公子，也尚且因为"死知府不如一个活老鼠"，要拼命地拉拢那些与现任官有来往的名士，混进名士淘里，以免受人欺侮；因此，做名士自然也是爬上统治地位的阶梯了。于是，开头巾店的景兰江，"本来有两千银子的本钱，一顿诗作的精光。他每日在店时，手里拿着一个刷子刷头巾，口里还哼的是'清明时节雨纷纷'，把那买头巾的和店邻看了都笑。而今折了本钱，只借这作诗为由，遇着人就借银子"。盐务里的巡商兼名士支剑峰诗人，戴着方巾，冒充秀才，吃醉了酒，黑夜里满街吟诗，被府里的二爷一条链子锁了去，嘴里还喃喃着"李太白宫锦夜行"。名士没有当像，名士的虎皮却早已蒙起来了。

当名士既然很有趣，于是狗屁不通的举人卫体善，贡生随岑庵，也拖着八股腔摇头摆尾地混进诗坛了。他们的诗里，连"'且夫''尝谓'都写在内，其余也就是文章批语上采下来的几个字眼"。非驴非马，酸气熏天。还有更恶劣的，则像蘧公孙那样在《高青邱集诗话》上刻上自己的名字，以做冒充名士的资本；甚至于下焉者，竟像牛浦郎那样地冒名顶替死掉了的名士牛布衣去闯江湖。此外，还有想当名士想疯了的测字先生卜言志，竟孤注一掷，忍痛花了在测字摊上千攒万积存下来的二两四钱五分银子的血本，到妓院里向一个莫明其妙的妓女去呈诗请教。……

所有这些名士，除了瘟生公子和附庸风雅的市侩如盐商之流外，大都是像张铁臂那样将猪头充人头的假侠客式的混吃骗钱的流氓，不过变戏法的巧妙有种种罢了。有的是权勿用式的拐奸女尼、以"你的就是我的"为处世法门的揩油大王；有的是季恬逸式的穷极无赖、见空子就钻的文化贩子；有的是季苇萧式的自命风流、到处招亲的玩世不恭的恶少；有的是陈和尚式的赊了猪头肉也要老丈人还账的赖债鬼，而这个赖债鬼，当丈人和他理论时，他还涎皮笑脸地狡辩："假如这猪头肉是你老人家吃了，你也要还钱！""设或我这钱已经还过老爹，老爹用了，而今也要还人！""万一猪不生这个头，难道他也来问我要钱！"诸如此类，妙不可言。

因此，和这些拆烂污的野鸡名士相比，朴实厚重、憨头憨脑的马二先生，甚至公开营私舞弊、包揽讼事、敲竹杠，然而不失其豪爽气的潘三，倒显得可爱多了。

挤挤在"进士"和"名士"之间的，还有一批像匡超人、严贡生之类的混蛋。严贡生，影子也没有的胡扯县官和他如何相知，海阔天空地同周司业冒认亲戚，强占民家的猪，说自己的云片糕是人参、黄连做成的贵重药物而混赖船户的船钱，动不动就吓唬人要送人家到衙门里去打板子，欺压孤儿寡妇以霸占胞弟的产业的恶棍。匡超人，落魄时卑躬屈节，稍微得志就停妻重婚，诋毁师友，六亲不认，吹牛吹得不能自圆其说的文化市侩。严致和的两个舅爷王德、王仁，见钱眼开，遇事远避，每人一百两银子，就撕破了卫道的面孔的见利忘义之徒。贡生余特，以品行文章欺世盗名，却是偷偷同人家合伙纳贿的伪君子。万中书，假冒官员，当场出丑的丑角。刘守备，乱借官衔灯笼，放纵家奴在河道里行凶打人的势利小人。妓院掌柜的乌龟王义安，戴着头巾，假冒秀才；而那两个秀才之所以要大义凛然地打他，闹着要送他到官，也不是维持什么斯文尊严，无非是要敲诈他几两银子。同样，在假秀才的头巾尚未揭落之前，称这乌龟为"这是我二十年拜盟的老弟兄，常在大衙门里共事的王义安老先生"的清客牛玉圃，自然也是同一类招摇撞骗的货色。

此外，则是到处钻空子打秋风，设美人计陷害和尚以诬占庙产的举人张静斋；怂恿女儿自杀，博得烈妇牌坊以光门楣，但事后又不禁伤心痛哭的道学家王玉辉；五河县里专拍官府彭家和巨商方家的马屁的小乡绅们，帮闲们；参了总甲就目高于顶，满口的官衔，不把老百姓放在眼里的夏总甲；装神仙骗银子的洪憨仙；逢人就从袖里摸出诗集来请教以相与名流的道士来霞士；到处敬赠图章一枚以交结阔佬的刻字先生郭铁笔；梳头缠脚足要耽误一整天的、一心要做"太太"的王太太……尽是些社会的害虫和渣滓。

这些害虫和渣滓，正是那社会的上层人物，他们的精神意识便是社会的统治意识。下层人物要不受这充满着毒害的意识的影响是不可能的。《儒林外史》里也描写了这种趋炎附势、吹牛拍马的恶浊风尚如何严重地浸染了下层社会的情势。例如范进的丈人胡屠户，便是被这个社会制度扭歪得极显著的性格。

当落魄的范进考取了秀才的时候：

> ……正待烧锅做饭，只见他丈人胡屠户手里拿着一副大肠和一瓶酒，走了进来。范进向他作揖，坐下。
>
> 胡屠户道："我自倒运，把个女儿嫁与你这现世宝，穷鬼，历年以来，不知累了我多少！如今不知因我积了甚么德，带挈你中了个相公，我所以带酒来贺你。"

范进唯唯连声，叫浑家把肠子煮了，烫起酒来，在茅草棚下坐着。母亲自和媳妇在厨房里造饭。

胡屠户又吩咐女婿道："你如今既中了相公，凡事要立起体统来。比如我这行事里都是些正经有脸面的人，又是你的长亲，你怎敢在我跟前装大？若是家门口这些做田的，扒粪的，不过是平头百姓，你若同他拱手作揖，平起平坐，这就是坏了学校规矩，连我脸上都无光了。你是个烂忠厚，没用的人，所以这些话我不得不教导你，免得惹人笑话。"

而当范进想去考举人，没有盘费，去同他商议的时候：

被胡屠户一口啐在脸上，骂了一个狗血喷头道："不要失了你的时了！你自己只觉得中了一个相公，就'癞蛤蟆想吃起天鹅肉'！我听见人说，就是中相公时，也不是你的文章；还是宗师看见你老，不过意，舍与你的。如今痴心就想中起老爷来？这些中老爷的都是天上的文曲星！你不看见城里张府上那些老爷，都有万贯家私，一个个方面大耳。像你这尖嘴猴腮，也该撒泡尿自己照照！不三不四，就想天鹅肉吃！趁早收了这心，明年在我们行事

《儒林外史》简说

里替你寻一个馆，每年寻几两银子，养活你那老不死的老娘和你老婆是正经。你问我借盘缠？我一天杀一个猪还赚不得钱把银子，都与你去丢在水里，叫我一家老小喝西北风？"

可是当范进瞒着丈人去考，真的中了举人回来，胡屠户马上变了腔调：

"我那里还杀猪！有我这贤婿老爷，还怕后半世靠不住么？我每常说，我的这个贤婿，才学又高，品貌又好；就是城里头那张府、周府这些老爷，也没有我女婿这样一个体面的相貌。你们不知道，得罪你们说，我小老这一双眼睛，却是认得人的。想着先年，我小女在家里长到三十多岁，多少有钱的富户要和我结亲，我自己觉得女儿像有些福气的，毕竟要嫁与个老爷。今日果然不错！"

这是可笑的。然而有什么可怪呢？这个社会制度就培养着这样的性格。比起这个浅露的、一切都摆在脸上的市井细民来，那些衣冠楚楚的大人先生们，不是更龌龊得多吗！

七、吴敬梓的天才的性质

掀髯唯笑傲，

捧腹更从衡。

——《赠黄仑发》

被恶浊的社会空气所激怒的，充满着人类的尊严感、正义感和社会良心的吴敬梓，对这些牛鬼蛇神作了最严厉、最致命的揭发和裁判。由于他的揭发和裁判的真实和有力，以至在两世纪后的今天，我们还亲切地感受着诗人的炙热的呵气。

"……把可笑的事情看成是可笑的，这就是对它采取严肃的态度。"① 对这些生活中可鄙恨的丑恶现象，吴敬梓所用以狙击的是讽刺的、嘲笑的武器。鲁迅先生盛称《儒林外史》是中国旧小说中唯一当得起最完善的意义上的讽刺小说这一概念的艺术作品。因为它如别林斯基所说，不仅充满了"引发笑声的喜剧的斗争"，而且"在这笑声里所听见的不仅是欢乐，并且还有

---

① 马克思：《评普鲁士最近的书报检查令》，《马克思恩格斯全集》中译本第一卷，第 8 页。

为着被贬抑的人类尊严的复仇"。①

吴敬梓的作品绝不是轻率的戏谑，绝不是廉价的笑剧。那包藏在他作品的喜剧性中的庄严的涵义，我们可以借别林斯基对喜剧性的深刻的理解来说明它：

> ……当充满着幸福的喜悦，心要从胸腔里跳出来的时候，可以唏嘘和号哭，当心被忧闷压榨着或被绝望撕裂着的时候，可以疯狂地大笑。……说实话：我们一般地还不会笑，更不懂得"喜剧性"是什么。人们通常把它理解作闹剧、漫画、夸张、关于生活底低劣而庸俗的一面的描写。……理解喜剧性——这是美学教养底最高峰。……理想的喜剧性的东西，只有不仅仅根据昂扬的幻想或耳食之言来认识生活的人底发展了的、成形了的感情，才能够接受。喜剧性常常会对这种人发生相反的作用：在他里面激起的不是欢乐的笑声，却只有悲怆之感。他微笑，可是在他底笑影里，有着这样多的忧郁……②

我们若拿吴敬梓的《文木山房集》中的诗赋和《儒林外

---

① 《别林斯基选集》中译本第一卷，第346页。
② 《别林斯基选集》中译本第一卷，第420、421、422页。

史》相比，乍读之下几乎会怀疑这两种作品竟是属于同一个作者的。在他的诗赋里，洋溢着悲壮苍凉的滋味，读之令人沉郁；而读《儒林外史》，当那些吹牛匠、假名士、官迷、财迷的影子在你眼前蠕动时，开始感染人的不能不是笑的刺激。只有当作者所揭露的反面的、污秽的事实引导我们更进一步地去观照现实生活，来凝想美好的东西的时候，才能发现这讽刺，这笑的实质也是悲壮苍凉的。

为吴敬梓所痛恨，所打击的那些卑劣的人物，正是那个丑恶的社会制度的普遍的产物；他们的活动，他们之间的关系，也根源于那个社会制度。因此，他的讽刺的生命"是真实；……它不是'捏造'，也不是'诬蔑'；既不是'揭发隐私'，又不是专记骇人听闻的所谓'奇闻'或'怪现状'。它所写的事情是公然的，也是常见的，平时是谁也不以为奇的，而且自然是谁都毫不注意的"①。确实，吴敬梓所写的这些人物的行为和精神活动，在他们自己，并不觉得是奇怪的、可笑的、堕落的事情；而是认为大家都是这样，都应该这样的，是极其自然的、理所当然的事，甚至几乎是一种社会道德。譬如匡超人吧，他在落魄时，原来是一个谨慎老实的青年，可是稍微向

---

① 《鲁迅全集》第六卷，第323页。

上爬了一步，发现所有"场面上"的人都必须自私自利，过河拆桥，假借权势，吹牛唬人；他既然要在"场面上"混，要不断向上挤，就不能不仿效着人们的样子干，否则他就站不牢。这在他毋宁是一种对人生的认识，一种适应社会的自然本能。因为"社会里业已确立的习惯，几乎对于……每一个人的行动都有无限大的力量。……一个人只要有进入属于更高社会阶级的集团的门路，他就不再能安居在比较不高的阶层里而仍旧感到满足"①。也是为了这样，所以牛浦郎竟要冒充死了的老名士牛布衣的名字去闯江湖，为了要搭上等人架子而不惜侮弄供给他衣食的两位不上台盘的舅丈人，在贵官面前冒认他们为自己的仆役，以装饰自己的身价。也因为社会习惯如此，所以被老师周进抬举起来的范进也理该抬举老师所要抬举的荀玫。中了进士、做了司业以后的周进，他落魄时设过蒙馆的观音庵便要供他的长生牌位，他所写的在墙上贴了许多年的对联都该小心揭下来裱好；而同一周进，在他尚未发科以前，就得忍受梅秀才的贱视和挪揄，就得为王举人撒下的一地的鸡骨头、鸭翅膀、鱼刺、瓜子壳，昏头昏脑地打扫一个早晨。……

因此，真实地、深刻地、毫不留情地揭发了这些丑恶的人

---

① 引自满涛译：《文学的战斗传统》，车尔尼雪夫斯基：《果戈理的作品与书信》，第121页。

物，他们的活动和关系，也就是有力攻击了那造成这些人物的丑恶的社会制度本身。因而这讽刺就给了旧社会以严重的破坏力。而在这破坏旧事物的讽刺的火光中，我们就看见人类的理想的闪烁。就正如车尔尼雪夫斯基所说的："诗人，这是指导人们对于生活抱着高贵的观念，抱着高尚的感觉方式的领袖：在阅读他们的作品时，我们就养成了厌恶一切虚伪的和恶劣的东西，了解一切善和美的事物的魅惑力，爱好一切高贵东西的习惯；读了它们以后，我们自己也变得更好起来，善良起来，高尚起来。"① 吴敬梓教我们学会高尚的厌恶。

深恶痛绝于上层社会的腐败和所谓衣冠中人的丑恶，吴敬梓努力寻觅下层社会的人物，以寄托他的同情和希望。他以怀着爱心的笔，写着被上等人所卑视的伶人鲍文卿，唯有他是义利分明，一丝一毫不苟取的质朴而正直的"义民"。虽然，这是一个重视贵贱尊卑，自甘做小伏低的人，但这落后的一面的性格的造成，应该归咎于那个社会制度，作者正是极真实地写出了一个封建社会的善良人物的典型。吴敬梓也赋予写字的季遐年、卖火纸筒的王太、开茶馆的盖宽和做裁缝的荆元以皎洁出群的品性。这些社会地位卑下的人物，比浮夸、溷浊和丑态百出的儒林中人更

---

① 转引自齐思闻译的梅拉赫《论文学中的典型与美学思想》一文中的引文。

高尚，更干净，更可爱；只有这些借自己的劳动而生活的下层社会的人们，才真正是在默默地维系着人民的美的传统。

由于吴敬梓所生活的时代的性质，由于他自己的生活经历和社会接触面的界限，由于上层社会的卑俗空气的压抑，使他的高贵的思想和深沉的感情发展为一种燃毁旧事物的炽烈的讽刺的才能。他的天才的本质是讽刺。他的精致的辨识力和透入一切的观察力，使他能在所见所闻的日常琐事中发掘出人生问题，并赋以政治上的尖锐性；他的对社会色相的敏锐的感受力和掌握事物的特征的艺术概括力，使他能对生活现象做出异常典型的绘写；真有"一鞭一条痕，一掴一掌血"的力量。他的刻画具有如此的真实性和普遍意义，以至使人深感"慎毋读《儒林外史》，读竟乃觉日用酬酢之间，无往而非《儒林外史》"①。

八、"创作总根于爱"

> 定须搦寸管，
>
> 讵肯恋重衾？
>
> ——《雪夜怀王溯山山居》

---

① 卧闲草堂本《儒林外史》第三回评语。

吴敬梓的天才的本质是讽刺。但是，必须不惮烦地重复指出，培育出这一天才来的乃是博大、深厚而猛烈的爱情。

鲁迅说过："创作总根于爱。"① 进而言之，作品的深度、广度和强度，也和爱的深度、广度和强度等有关。用炽烈的讽刺的火焰燃毁一切丑恶事物的吴敬梓，正是以他的对于否定事物的深刻嫉恨反照出了他借以爆发这种嫉恨的同等程度的爱，这是很明白的。必须牢记住这一点，我们才能理解《儒林外史》的讽刺的力量；也才能通过这种讽刺的力量把握到作者的性格。

《儒林外史》中占主要篇幅的那些对于否定现象的烈火般的讽刺，固然以其深邃的启发，唤起读者的艺术兴趣，但更其感人的处所，却是作者对于善良人物的正面的歌颂的激情。当吴敬梓暂时收起卓越的讽刺，以酣畅饱满的抒情诗的笔调正面诉出他的热烈的爱慕——虽然他的赞颂也正是回护了、丰腴了他的讽刺的基调的——时，这才真正透现了作为诗人的他的童贞的爱的本性。

不必是一个多情善感的读者，谁只要不对仁爱的事物无动于衷的话，他便不得不为《儒林外史》中的向鼎和鲍文卿的真挚的友情（第二十四回至第二十六回）所感动，而在向鼎恸哭

---

① 《鲁迅全集》第三卷，第 511 页。

亡灵，激动地提笔为鲍文卿题铭旌的场面熬忍涌上来的激动的眼泪。《儒林外史》中写了许多在作者是以震颤的心情着笔、而在读者则不得不对之唏嘘的场面：如马二先生以肝胆相与的情谊慷慨援救蘧驸夫，以仁爱的关怀资助和劝勉匡超人；对于虞博士的宽厚的性格的描写，以及杜少卿的真情的豪爽等等。可是最动人的还是向、鲍等两个彼此都是一往情深的善良人物交往的故事。这一部分如果不是《儒林外史》最精彩的篇章，至少也得推为最精彩、最有魅力的篇章之一。

鲍文卿和向鼎的友谊，是以神交开始的。向鼎因为履行他对于前任知县的诺言，卫护了一个与自己无关的"诗人"牛浦，被人告发到按察司手里，正陷于将被参革的困境；素不相识的伶人鲍文卿却由于正义，由于对一个读到过他的作品的艺术家的感念，热情地援救了他。

（崔按察）这日叫幕客叙了揭帖稿，取来灯下自己细看："为特参昏庸不职之县令以肃官方事"，内开安东县知县向鼎许多事故。自己看了又念，念了又看。灯烛影里，只见一个人双膝跪下。崔按察举眼一看，原来是他门下的一个戏子，叫作鲍文卿。

按察司道："你有甚么话，起来说！"

鲍文卿道："方才小的看见大老爷要参处的这位，是安东县向老爷。这位老爷，小的也不曾认得，但自从七八岁学戏，在师父手里就念的是他作的曲子。这老爷是个大才子，大名士，如今二十多年了，才做得一个知县，好不可怜！如今又要因这事参处了。况他这件事也还是敬重斯文的意思。不知可以求得大老爷免了他的参处吗？"

按察司道："不想你这一个人倒有爱惜才人的念头。你倒有这个意思，难道我倒不肯！——只是如今免了他这一个革职，他却不知道是你救他。我如今将这些缘故写一个书子把你，送到他衙门里去，叫他谢你几百两银子，回家做个本钱。"……

假若鲍文卿只是歆慕财帛的酬谢，才兴起扶危济困的意念，那么这人物也不会十分打动吴敬梓，从而也不会十分打动读者了。鲍文卿受到了向知县感激的宠遇，但他连一点施恩者的居功之色都没有。"封了五百两银子谢他，他一厘也不敢受"。宁愿回到故乡南京干他的本业。又假若向鼎是一个薄幸的、眼睛朝上而瞧不起下层人物的官吏，那么他和鲍文卿的关系也不会再有动人的发展，从而这人物也不是什么吸引人的对象了。十年后，向鼎升了安庆知府，在南京途中瞥见了鲍文卿，立刻请

后者去相会。鲍文卿递了手本，门上的还没有送进去，

> ……坐了一会，里面打发小厮出来问道："门上的，太爷问：有个鲍文卿可曾来？"
>
> 门上人道："来了，有手本在这里。"慌忙传进手本去。只听得里面道：
>
> "快请！"
>
> 鲍文卿……跟了管门的进去，走到河房来，向知府已是纱帽便服，迎了出来。笑着说道："我的老友到了！"
>
> 鲍文卿跪下磕头请安，向知府双手扶住，说道："老友，你若只管这样拘礼，我们就难相与了！"再三再四拉他坐……
>
> 向知府坐下说道："文卿，自同你别后，不觉已是十余年。我如今老了，你的胡子却也白了许多。"
>
> 鲍文卿立起来道："太老爷高升，小的多不知道，不曾叩得大喜。"
>
> 向知府道："请坐下，我告诉你……"

以下便是告诉别后的景况。但够了，这几句短短的寒暄，他们相见时的情状的素朴的描写，已经把两个人物，特别是向知府

的深厚的感情画出来了。我们如果没有忘记这是一个封建社会的显赫的知府在接待一个卑贱的优伶，那么向鼎这样恳挚地和鲍文卿分庭叙旧是不能不使我们感动的。之后，向知府将鲍文卿父子接往安庆府任所。这善良的下层人物并没有因为知府宠信他的这个特殊关系而改变他的节操，一如那些稍一得志便仗势胡为的爪牙似的。作者着力地写出了他的正大和廉洁：

……那两人就是安庆府里的书办，一路就奉承鲍家父子两个，买酒买肉，请他吃着。晚上候别的客人睡了，便悄悄向鲍文卿说："有一件事，只求太爷批一个'准'字，就可以送你二百两银子。又有一件事，县里详上来，只求太爷驳下去，这件事竟可以送你三百两。你鲍大爷在我们太老爷跟前恳个情罢！"

鲍文卿道："不瞒二位老爹说，我是个老戏子，乃下贱之人，蒙太老爷抬举，叫我到衙门里来。我是何等之人，敢在太老爷跟前说情！"

那两个书办道："鲍大爷，你疑惑我这话是说谎么？只要你肯说这情，上岸先兑五百两银子与你。"

鲍文卿笑道："我若是欢喜银子，当年在安东县曾赏过我五百两银子，我不敢受。自己知道是个穷命，须是骨头里挣出来的钱才做得肉。我怎肯瞒着太老爷拿这项钱！况且他若有理，断不肯拿出几百两银子来寻人情。若是准了这一边的情，就要叫那边受屈，岂不丧了阴德！依我的意思，不但我不管，连二位老爹也不必管他……"

这个在封建社会和娼妓相等的身份卑下的优伶，比那些冠盖君子（例如，第四十四回中替人说情而受贿一百三十多两银子的贡生余特，他还是一个道学家哩！）要正直干净多少！如果遇到一个恶劣的官僚（例如，只惦记着"三年清知府，十万雪花银"的"官箴"的王惠），鲍文卿便会被视作蠢材和饭桶而遭到摒弃。可是，既然向鼎是和他同声相应的正直而善良的人物，他便获得了信托，他们成了风尘知己，以至连在那个社会里如此壁垒森严的尊卑上下的界限在他们之间也消失了。这在向鼎的地位，实在是难能可贵的。不为庸俗的礼法所拘，对人生另有高尚的追求而对下层人物怀有热爱的吴敬梓，遂着意地赞扬着向鼎的这种标格：在向知府宴请文武同年的季守备时，按照身份不能同席的鲍文卿也在座。

当下季守备首席，向知府主位，鲍文卿坐在横头。……

此时，季守备才晓得这人姓鲍。后来渐渐说到他是一个老梨园角色，季守备脸上不觉就有些怪物相。

向知府道："而今的人，可谓江河日下。这些中进士、做翰林的，和他说到'传道穷经'，他便说'迂而无当'；和他说到'通今博古'，他便说'杂而不精'。究竟事君交友的所在，全然看不得。不如我这鲍朋友，他虽生意是贱业，倒颇多君子之行。"因将他生平的好处说了一番。季守备也就肃然起敬。

因此，这一对朋友是倾心相与的道义之交，彼此都是以高贵的品格吸引着对方的。后来鲍文卿老而多病，向鼎又远升为福建汀漳道，临别时赠鲍文卿一千两银子，也直到向鼎说出了"你若不受，把我当作甚么人！"这样的友谊的胁迫的话才收下的。

几个月以后，鲍文卿死了。他的儿子鲍廷玺因为没有人肯替这操贱业的老人题铭旌，正在苦恼，一个激动人的场面出现了：

> 正在踌躇，只见一个青衣人飞跑来了，问道："这可是鲍老爹家？"

鲍廷玺道："便是。你是那里来的?"

那人道："福建汀漳道向太老爷来了。轿子已到了门前。"

鲍廷玺慌忙换了孝服,穿上青衣,到大门外去跪接。向大人下了轿,看见门上贴着白,问道:

"你父亲已是死了?"

鲍廷玺哭着应道："小的父亲死了。"

向道台道："没了几时了?"

鲍廷玺道："明日是四七。"

向道台道："我陛见回来,从这里过,正要会会你父亲,不想已做故人。你引我到柩前去!"

鲍廷玺哭着跪辞。向道台不肯,一直走到柩前,叫着"老友文卿!"恸哭了一场,上了一炷香,作了四个揖。

鲍廷玺的母亲也出来拜谢了。向道台走到厅上,问道:"你父亲几时出殡?"

鲍廷玺道："择在出月初八日。"

向道台道："谁人题的铭旌?"

鲍廷玺道："小的和人商议,说铭旌上不好写。"

向道台道："有甚么不好写? 取纸笔过来!"

当下鲍廷玺送上纸笔,向道台取笔在手,写道:

"皇明义民鲍文卿享年五十有九之柩。赐进士出身中宪大夫福建汀漳道老友向鼎顿首拜题。"

写完，递与他道："你就照这个送到亭彩店内去做！"又说道："我明早就要开船了。还有些少助丧之费，今晚送来与你。"……

这刀削似的简括的几笔，这敲打在人心弦上的急迫的节奏，是吴敬梓噙着激动的眼泪写下来的。在满是趋炎附势，人情浇薄的社会里，吴敬梓宣扬这种生死不移的纯洁的友情，正如他对否定现象的讽刺一样，是对于那没有爱的虚浮的上层社会的控诉。不仅所描写的这对知音的一方是下层人物这一点上，显示了吴敬梓的心向；更明显的是，另一方的向鼎，正是用以鞭挞作者自己所从属的那个阶级中的那些品格卑劣的分子而树立起来的正面的榜样。看到吴敬梓的爱的、肯定的一面，人们不得不想起他的恨的、否定的另一面；看到向鼎，人们不得不想起《儒林外史》所描写的另一些极度自私、六亲不认、弃故旧如敝屣的丑恶人物。例如匡超人。

匡超人，他的贫困生涯的转机是马二先生萍水相逢中所赐予的，可是转过背来，他便轻薄地诋毁他的哺育者，说这位给了他决定性的教诲的"马纯兄理法有余，才气不足"，比他差得远！他在落魄时得过潘三很多好处，但到潘三被捕，他却推诿说"比不得做诸生的时候"，胡扯什么怕惹"一生官场之玷"，连看也不肯去看他一眼；他稍微爬了一步，便恬不知耻地向妻子吹什么"那里房子窄，我而今是要做官的，你就是诰命夫人，住在那地方，不成体面"，硬把她逼回乡间去；而他倒在京里瞒骗老师（他的上司）没有结过婚，另娶了老师的甥女。但这样一个道德败坏的人，偏是"以优行贡入太学"的。这对那个社会是何等刻毒的讽刺！

不是对高尚的人性和善良的事物有所厚爱，吴敬梓便不会对匡超人之类的肮脏的灵魂作如此痛恨切骨的揭发；同样，也正是深恶痛绝于卑劣之徒和丑恶的事物，作者才对鲍文卿和向鼎作如此寄以爱心的赞叹。吴敬梓的善善恶恶的激情使他的作品有了充沛的生命力。

但是，仅只有善善恶恶的激情，而在表现具体的生活内容时缺乏对现实关系的深刻理解，不持着对现实的忠诚和对人物的公平态度的话，那么现实主义便必然会降低为敷设人物以演绎概念的劝善惩恶的公式主义，从而作者愈想表述他的思想，他所制造的人物的"个性就更多地消融到原则里去了"①。吴敬

---

① 恩格斯：《给敏娜·考茨基的信》，《马克思恩格斯全集》中译本第三十六卷，第384页。

梓却不是一个将现实生活和人物性格简单化的拙劣的画匠，他不是用单调的纯白和纯黑去涂抹预先设定的正面或反面人物的。他忠实于现象的客观的丰富性，如实地描画出复杂多彩的人生现象；他既不过分钟爱他所倾心的人物，以至连他们的缺点也曲意掩护，务欲使之成为完人；也不逾量地诋毁他的所恶者，使之仿佛是天生的恶棍。例如，匡超人，是一个异常可憎的人物，但作者并不抹杀他年轻时原是一个谨慎本分的好人；马二先生是作者所钟爱的热肠古道的憨直君子，但作者并不掩饰他的迂而愚，他的对八股制度的陈腐的犬儒的见解；盗名欺世的蘧公孙也写出他捐金济困的善良的一面；冒姓求名的牛浦郎则不抹杀他好学出俗的初衷。……唯其这样公正的、忠实于现实的态度，才使人能从人物的否定的性质里，看出恶劣的社会制度如何决定着人们的性格和命运，因而通过这样的性格及其发展的道路揭示了社会关系的底蕴。也因为这样，才使人能从人物的肯定的性质里，看出他们不与世俗同污的善良和高贵的品德——归根结蒂应该属于历史的主人的劳动人民的品德。也正因为这一对现实的忠诚和公允的态度，作者批判生活的善善恶恶的激情才取得完善的而不是浮泛的表现。

其实，要做到对现实忠诚和公允，作为支持的力量也正是热烈深厚的爱情。世界上有很多人，他们经受不起较大的欢喜和悲哀，易于在压力和诱惑之下屈服，易于在小小的欲望的歆动下偏私起来。这样的人没有深厚的爱，因而也没有坚毅地忠实于现实的胆力，自然也不会有动人心弦的行径和创作。吴敬梓却不属于这类脆弱的小人物之列。毋庸分辩，《儒林外史》中关于虞博士的、向鼎的和作为作者自况的杜少卿的怀着爱心的描写里，作者是带着并不淡薄的阶级偏见和思想上的局限性的。但是阶级偏见和思想上的局限性并不排斥一个有良心的作家的正直和公平，并不排斥他向往善美事物的热情。仗着这，吴敬梓能爱其所爱，一如恶其所恶；热烈地歌赞仁善，一如辛辣地讽刺邪曲。也因为此，他才能更忠实地记录下他的时代。

当作家这样忠实地表现了他的时代生活时，甚至产生了这样的一个结果：即连作家自己思想上的弱点，他批判生活时所持的那些为历史所局限的落后的观点，也常常给我们带来某种（客观上的）教益，而归根结蒂便利了我们对于那个时代的认识。例如，鲍文卿这个人物的卑躬屈节、做小伏低的性格，在二百年后的我们看来，实在是可怜的，甚至是可憎的；但在吴敬梓，却是把这种奴性当作正常的品德，当作可资矜式的风范来看待的。这里，我们便看出了封建士大夫的吴敬梓的道德标准，他的受社会统治意识局限的一面，进而看出了那培养这种连吴敬梓尚不可免的道德标准的社会制度的势力。至于借着被作者忠实地描画下来的鲍文卿这一人物，看出了封建社会优伶所处的卑下地位，以及这类下等人的灵魂之被等级制度所荼毒，便更不消说了。

吴敬梓还在小说里写了几个下层人物间的相响相濡的交往，虽然着墨不多，却十分动人。如甘露寺老僧对旅居无依的牛布衣的慰藉和对他死后丧事的料理（第二十回）；牛浦郎的祖父牛老儿的邻居，即后来结为亲家的卜老的笃厚的情谊和对牛家的相恤相助（第二十一回）；鲍文卿对落魄的倪霜峰的照顾和对倪廷玺的收养（第二十五回）。当描绘这些颠沛于生活道路之上的下层人物的善良、朴实而诚挚的关系时，吴敬梓便收起了他的讽刺的诛伐，把那种自己也为人物的命运和无私的仁爱所感染的深切同情，注入于没有一丝夸张、纯然是朴素无华的白描里。这种对下层人民的美德的带着爱心的描画，在我国古代小说中也不多见。对照起那些被作家鞭挞得体无完肤的"儒林"中人来，使读者分外亲切地感受到作家对这些善良人物的抚爱。从而更清楚地看到作家出之以讽刺的对黑暗的憎恶的另一面，作为他创作的根柢的爱。

九、表现方法的特征

九圩岂烦拟，

一笔能写生。

——《挽王宓草》

吴敬梓是一个刻画人物性格的惊人的巨匠。他绝不拿徒劳无功的冗长的描写招人腻烦，他简洁地奔向戏剧。只消三言两语，一切便完成了，人物就凸现了，他们内心的隐秘全部揭开了，他们便作为一个活人行动起来了。如写范进的伪道学，居丧不用象牙筷、银筷，却大吃其燕窝虾圆；真是"无一贬词，而情伪毕露，诚微辞之妙选，亦狙击之辣手矣"①。作者自己隐藏着爱憎，让人物自己去显出丑相来：这是吴敬梓的基本方法。如写王惠，不耗一字介绍，只就他本人说梦兆的出尔反尔，就活画出一个弄神弄鬼、吹牛托大的举人老爷的尊容来了：

　　周进道："老先生的朱卷是晚生读过的。后面两大股文

---

　　① 《鲁迅全集》第九卷，第370页。

章尤其精妙。"

王举人道："那两大股文章不是俺作的。"

周进道："老先生又过谦了！却是谁作的呢？"

王举人道："虽不是我作的，却也不是人作的。那时头场，初九日，天色将晚，……正想不出来，不觉瞌睡上来，伏着号板打一个盹。只见五个青脸的人跳进号来；中间一人手里拿着一枝大笔，把俺头上点了一点，就跳出去了。随即一个戴纱帽红袍金带的人，揭开帘子进来，把俺拍了一下，说道：'王公请起！'那时弟吓了一跳，通身冷汗；醒转来拿笔在手，不知不觉写了出来。可见贡院里鬼神是有的。弟也曾把这话回禀过大主考座师，座师就道弟该有鼎元之分。"……

说着，就猛然回头，一眼看见那小学生的仿纸上的名字是荀玫，不觉就吃了一惊。……问道："方才这小学生几岁了？"

周进道："他才七岁。"……

王举人笑道："说起来竟是一场笑话。弟今年正月初一日梦见看会试榜，弟中在上面是不消说了；那第三名也是汶上人，叫作荀玫。弟正疑惑我县里没有这一个姓荀的孝廉，谁知竟同着这个小学生的名字。难道和他同榜不成！"

说罢,就哈哈大笑起来道:"可见梦作不得准!况且功名大事,总以文章为主。那里有甚么鬼神!"

周进道:"老先生,梦也竟有准的。前日晚生初来,会着集上梅朋友,他说也是正月初一日,梦见一个大红日头落在他头上;他这年就飞黄腾达的。"

王举人道:"这话更作不得准了。比如他进过学,就有日头落在他头上;像我这发过的,不该连天都掉下来,是俺顶着的了?"

吴敬梓的讽刺方法的特征,是他善于将光度集中地照射着主人公活动中的喜剧性的顶点;抓住这一刹那,一下子揭露出人物的丑相。正在他们得意忘形的时候迎头一棍,恰像俗谚所说的,"腊月债,还得快",他给那些伪君子和吹牛家一个"现开销",当场戳穿西洋镜。如写匡超人的大吹法螺:

冯琢庵道:"先生是浙江选家,尊选有好几部弟都是见过的。"

匡超人道:"我的文名也够了。自从那年到杭州,至今五六年,考卷、墨卷、房书、行书、名家的稿子,还有《四书》讲书、《五经》讲书、古文选本……家里有本账,共是九十五本。弟选的文章，每回一出，书店定要卖掉一万部。山东、山西、河南、陕西、北直的客人都争着买，只愁买不到手。还有个拙稿是前年刻的，而今已经翻刻过三副板。不瞒二位先生说，北五省读书的人，家家隆重的是小弟；都在书案上，香火蜡烛供着'先儒匡子之神位'。"

牛布衣笑道："先生你此言误矣！所谓先儒者，乃已经去世的儒者；今先生尚在，何得如此称呼？"

匡超人红着脸道："不然！所谓先儒者，乃先生之谓也。"

脸一红过，这罗士特莱夫式的吹牛匠照样继续大言不惭地吹他的选本："外国都有的！"

其他的人物也大抵用这种写法揭露他们的底蕴，拖出他们的尾巴。严贡生，正在狂吹自己如何不苟取分毫，当场就来了一个小厮，报告出他当天还强占人家一口猪的丑事；权勿用，名士充得好好的，一纸公文飞来，揭穿了他奸拐女尼的秽史；支剑峰，正在诗酒风流，意兴洋洋，一条链子便吊出了他的市侩的身份；牛玉圃、王义安、万中书之辈的当场出彩，胡屠户的昨日今朝大不同，等等，都无不是笔触所及，在印象鲜明的对比中生动地勾勒出了人物的嘴脸。我们用不着从头至尾地知道主人公的历史，可是我们已经认识了他们的一切，从动作直到内心。诗人在描写他们的特征性的片刻的活动时，已经将他们生活的全部本质汲取在里面了。

吴敬梓太熟悉这些人物了，只要他们有所举动，只要这举动被他所把捉住，被他用力透纸背的笔所勾画下来，那么这举动所包含的历史原因便早已为他所洞察而附着在人物身上，昭然若揭地显在读者之前了。

不光是刻画人物，描写场景也是这样。他轻易而简洁地勾出风景，他让我们看到几笔疏落的线条，风景就完了。但这些风景的神韵他全部细心地把捉过，它们美丽的特征我们全部体味得到，看得见。例如，在第一回中，作者只花了极经济的笔墨，就抹出了一幅如此素雅、如此清新的雨过天晴的湖上风景：

那日，正是黄梅时候，天气烦躁。王冕放牛倦了，在绿草地上坐着。须臾，浓云密布，一阵大雨过了。那黑云边上镶着白云，渐渐散去，透出一派日光来，照耀得满湖通红。湖边上山青一块，紫一块，绿一块；树枝上都像水洗过一番的，尤其绿得可爱。湖里有十来枝荷花，苞子上清水滴滴，荷叶上水珠滚来滚去。王冕看了一回，心里想道：古人说，"人在画图中"，其实不错。……

这种对自然的诗的感觉，是诗人在生活中不断地修炼出来的。只有具备了这种从精心观察而养成的锐敏的感觉力，才能有"九坊岂烦拟，一笔能写生；毫端臻神秀，墨晕势纵横"的本领；如他的五律《风雨渡扬子江》一章中的颈联——

　　浓云千树合，骤雨一江空

似的，寥寥十字，摄尽了风雨江干的全部神髓。他描写风景和描写人物一样，其叙述方法的特点，是简单和质朴。吴敬梓一般不苟细地传达对象的表记，而只是显示它们的精神。并且和中国古典小说只集中力量描写人物与社会关系的优秀传统一致，《儒林外史》也只有极少的篇幅描绘场景。而这有限的篇幅所描写的风景，又总是和人物的性格、情操、心境和命运有机地结合着的。如上面所引的王冕眼中的淡雅宜人的湖上风景，不仅是以这优美的田园风光烘托着王冕不求仕进的恬淡的性格，而且这风景又直接触发了人物的活动，影响了王冕生涯的发展：他因此而攻习绘事，成了画家。如马二先生游西湖，掠过他视野之前的就是一个迂儒眼中的种种，景物按照着人物的视角而存在。如果换一个欠高明的作家，逮住这样一个可以大展文才的题目，一定会堆砌上一些山明水秀、柳暗花明的描写；那么马二先生的"全无会心，颇杀风景，而茫茫然大嚼而归"的"迂儒之本色"①，就不再能刻画得那样入神了。

场景是为人物服务的。同样，情节也只是为了完成人物的性格和暴露各色各样的社会关系。《儒林外史》的结构是很特别的，正如鲁迅在《中国小说史略》中所说："……全书无主干，仅驱使各种人物，行列而来，事与其来俱起，亦与其去俱讫。虽云长篇，颇同短制。"② 吴敬梓无意于构造一个庞大的、有始有终的故事，他只是带领着读者，沿着他所经历的道路走去，边走边指示你去看那些展开在你视野里的各色蠕动的人物和各种值得注意的人生景象。一直走，不回头。有时，以前遇见过的人物会重新出现在你的眼前，但那也好像只是那些人因为自己的原因，又从另一条岔路抄到作者带着你走的那条路的前端去了似的。因此，《儒林外史》这一特殊的结构给了我们这样一种印象：作者似乎并不想写一部小说，而只是引导人们参观运动着的、历史的原始形态的一个片段，那生活的河川中的滚滚长流的一段。

这种生活的本来面目的艺术的揭露，是有极大的魅力的。契诃夫曾说："凡是使我们陶醉而且被我们叫作永久不朽的，或

---

① 《鲁迅全集》第九卷，第 369 页。
② 《鲁迅全集》第九卷，第 367 页。

者简单地称为优秀的作家，都有着一个非常重要的共同标志：他们在往一个什么地方走去，而且召唤你也往那边走，……其中最优秀的作家都是现实主义的，按照生活的本来面目描写生活，不过由于每一行都像浸透汁水似的浸透了目标感，您除了看见目前生活的本来面目以外，就还感觉到生活应当是什么样子，这一点就迷住您了。"①

吴敬梓便是这样的优秀的现实主义者。他使你在他所描写的生活真面目之外，还体味到应该有更美好的生活的奔进。就在《儒林外史》这一别树一帜的结构中，作者也埋藏着他的意图，他的浓液似的目的性。在构成上，第一回写王冕的生平的楔子，最后一回写四个"市井奇人"的"述往思来"的结局，似乎都和正文没有情节发展上的干系；但很显然，在作者的艺术认识和美学目的上，却具有内在的、完整的联系在；王冕的故事，如像我们在前面所述，是作为儒林人物的对照的理想人格的树立；而结尾处的四个来自下层社会的人物，则是越过了妖魔魍魉之林以后的一口新鲜空气；他们是龌龊的上流社会以外的简朴而干净的人物。难道这不是吴敬梓厌绝了腐朽寄生集团之后的对社会生活的一种展望吗？难道不是作者"违反自

① 契诃夫 1892 年 11 月 25 日给苏伏林的信。《契诃夫论文学》，汝龙译，人民文学出版社 1958 年版，第 217 页。

己的阶级同情和政治偏见，他看到了他心爱的贵族们灭亡的必然性，从而把他们描写成不配有更好的命运的人；他在当时唯一能找到未来的真正的人的地方看到了这样的人"① 吗?

那么，从这里，我们便更懂得，作家的艺术表现方法，是和他的艺术认识不可分地联系着的。《儒林外史》的奇特的结构，如果不从吴敬梓的艺术认识以及范围着他的艺术认识的时代和生活中去体认，是不可能得出切当的答案来的。要有，也只能是纯然从形式着眼的、不能中其紧要的理解。

十、《儒林外史》的结构

> 挥毫惊浩瀚，
>
> 伸纸自泛澜。
>
> ——《赠李儆南》

在论及《儒林外史》的独创的结构时，使人想起迈斯基对L. 托尔斯泰的巨著《战争与和平》所作过的一段很精辟独到的意见：

---

① 恩格斯评巴尔扎克语。引自《马克思恩格斯全集》中译本第三十七卷，第 42 页。加重点的原为黑体字。

……一读这无与伦比的小说，我们便仿佛觉得自己就是此中的人物似的；这并非单是书籍或小说，乃表现了那时代的一切特色的生活本身。要说《战争与平和》的重要的主角是什么人，那自然，也非 Pierre Bezukhov，也非 Andrei 公爵，也非 Natasha Rostova，也非拿破仑，而且又非 Kutuzov，因为那故事的范围广，他们便不知怎地总仿佛影子逐渐淡薄下来，终于消失下去了。

所谓《战争与平和》的主角者，就是"那个时代本身"的表现……①

再没有比借这段话来议论《儒林外史》更为合适的了。但必须立刻补充一下：如果托尔斯泰的人物不是这样生龙活虎的话，"那个时代本身"也就无从表现出来。所谓人物淡入了"时代本身"，除了意味着《战争与和平》的画面的恢宏，还更应该理解为人物性格的真实，达到了显示社会关系、显示时代而融洽无间的程度。如果说在托尔斯泰，他表现"那时代的一

---

① 《鲁迅全集》第十六卷，第402页。引文中的西文人名，通常中译为（依文中次序）比埃尔·倍佐柯夫、安德莱、娜泰莎·罗斯多瓦、库图佐夫。因为鲁迅先生的原译用的是西文，故照录。又《战争与平和》，现行中译都名为《战争与和平》，亦遵鲁迅先生原文，不敢擅易。

切特色"，是借了当时俄罗斯人个个被卷入的，那波荡无往而不在的，反拿破仑战争的巨大的历史事变所激起的人物的活动，从而围绕着事变，以战争的起讫为红线，贯串了范围广阔的生活舞台上的人们，遂使庞杂的情节得以百川汇聚地构成一个仍然是"紧密式"①的制作的话；那么，在吴敬梓的场合，时代生活给予他的却只是看起来永无休止的沉滞而又苦闷、平凡而又庸俗的日常活动的现象，生活是孤立而散在的，没有凝结全社会的激情的掀动。这样，艺术家要想放眼于范围广阔的生活，企图表现"那时代的一切特色时"，便不可能在孤立而散在的生活中觅取一个"主干"，只能"驱使各种人物，行列而来，事

---

① 一个研究 L. 托尔斯泰颇著名的米尔斯基，说托尔斯泰《战争与和平》在小说形式上"创造了一种东西，这东西可以不复称为小说——它是开展式（Open Form）的小说；与紧密式（Closed Form）的正相反。佛罗贝尔在《波华荔夫人》中，使紧密式的小说达于完善之境，它有起始，有中部，有结局，一个简单的线索在故事内各种冲突的确定解决中结束。托尔斯泰在《战争与和平》中超越了（这种）小说的界限……"云云。事实上，除了不是简单的线索之外，《战争与和平》是集中描写反拿破仑战争的历史事件，围绕着这个事件而仍然有起始，有中部，有顶点，有结局的。战争的胜利无疑是全作的顶点，过了这以后，便下降了。这样说，它仍然是米尔斯基所谓的"紧密式"的小说。但《儒林外史》却没有贯串情节的单一的中心事件，谁也不能找出哪一部分是事件发展的顶点。自然，"开展式"和"紧密式"之说，是非常形式主义的论调，但如果可以借这个说法区别作品的某种结构类型上的歧异的话，那么《儒林外史》倒真是所谓"开展式"的作品了。

与其来俱起，亦与其去俱讫"，从而集锦式地完成"'那个时代本身'的表现"了。——这便是《儒林外史》"虽云长篇，颇同短制"的根本的原因。

《儒林外史》的最大意义上的价值就在于，它带着鲜明的倾向性"表现了那时代的一切特色的生活本身"。在它所表现的生活中，谁也不是全部生活的主角；可是那些人物，却分摊着作者课予他们的任务，在自己身上表露了时代生活的某一个镜头，某一个色相，某一个调子；而当这些人物被纠集起来时，吴敬梓便塑造了一个巨大的主角：那个时代的、社会的本身的性格。

诚然，比起历史的本身的性格这一巨大的主角来，个别人物显得"仿佛影子逐渐淡薄下来"，消融到整个时代的氛围气中去了；可是，如上所说，要不是这些人物真正体现了那个时代精神的血肉，因而是活生生的典型环境中的典型人物的话，便无以借他们揭示出那个时代的真实状貌来。吴敬梓的卓越之处，正在于他能将那个时代中不断重复的人生现象典型化起来，而且在极大的程度上看出了这些典型的生活现象的社会根源。通过人物之间的交际，人物性格的相互辐射，一个显示社会关系本质的典型环境被渲染出来了；与此相应，作家才能显示出那个典型环境对于人物的性格的形成、发展和作用的决定性的意义。因此，当他在这样的深度下发掘了人，写出了人的时候，他便也发掘了和写出了社会关系的实质，给了生活以判决。

文学的基本任务是通过形象的方法达到对社会的认识。没有认识功能的作品，肯定也不会有艺术价值，反过来当然也是一样，没有艺术功能的作品，也肯定不会成为有认识价值的艺术品。再没有比将认识价值（思想性）和艺术价值（艺术性）机械地分割的论调更荒谬的了。描写人，塑造典型这一赋予文学以艺术性的创作上的必要手段和基本规律，同时也正是为达成文学的认识社会的功能，通到这认识的目的而服务的。因之，典型化并非文学的目的，而只是为了达到文学的目的舍此无他途的艺术方法和认识方法。简言之，文学的力量便产生于通过富有感染力的典型形象显示社会的真实。文学作品的体裁，以及符合于体裁的结构、布局等表现手段，都必须服从作品所反映的社会生活的内容——它的性质和范围。作家所企图表现的历史内容决定他如何安排人物，赋予这些人物以生活过程中的什么位置，从他们的关系中揭露他们的性格、命运和社会作用，并通过他们来表述作家自己对社会的看法。一般说，为了形象更完整，为了所反映的生活更具有深度、广度和强度，作家常常需要给某些主要人物以更多的篇幅，以他们为主角而显示生活现象的诸方面；这样，一个或几个主角的性格和命运，便成了作者（也吸引读者）所关心的主要对象、主要兴趣之所在；

而一切情节的发展，人物的组合，都围绕着主角，如众星之拱北辰。因为这样，也就有了一个系统的首尾完整的故事。这在小说中是一个有效的也是最通常的方式，但却不能认为是固定的、非如此不可的方式。《儒林外史》就没有遵循这个方式，却同样通过典型人物的描绘，极深刻极强烈地，特别是以极广阔的生活面揭示了社会的真实。《儒林外史》的"全书无主干"以及与之相应的没有提挈全局的中心人物，并不减低读者的兴趣；而那些一起一落、因缘转递但却藕断丝连的场面，也因为被统一于从各个角度、各种现象来表现一个共同的历史内容的缘故，反而冲破了通常的小说体例的局限，使作家能尽量发挥他的才能，将生活中诗的感受获得更多的倾吐的自由。有些论者常把《儒林外史》的结构看作一种缺点而寄以惋叹，其实也并非确论。一篇小说中有系统完整的情节，有贯通这情节的主角，固然很好；但根本问题却不在这里。作品的生命力既然是通过典型认识社会，《儒林外史》既然符合于文学的这一基本原则，那么，它所采取的"颇同短制"的"长篇"的独创的体例，乃是作者的自由，甚且是他的天才的个性的表现，对于艺术性有什么丝毫的损伤呢？以读者来说，谁曾因为它"如同短制"而杀减了阅读这个"长篇"的兴味呢？相反，为了遵循自己的创作目的，描画出自己所企图表现的庞大的、表面上又处于散漫状态的生活内容，更其是，为了发挥自己所拥有的全部生活知识和人生经验，吴敬梓使他的《儒林外史》采取了别树一帜的格式，毋宁是他的艺术成就的一个方面。

在吴敬梓的全部创作生涯中，其著作之可得而知的只有三种：解经的《诗说》七卷，收在《文木山房集》中的一些诗文（包括一些散佚的诗文）和《儒林外史》。《诗说》只存下了吉光片羽，大致可推定为读书札记式的零简的辑集；《文木山房集》和其他诗文，主要是记述本身的经历、交往及一时感兴之作；两者都只是小品。唯有《儒林外史》，是他毕生精力之所粹。作为封建时代士大夫的一员的吴敬梓，竟以"不登大雅之堂"的小说作为主要事业，实在是怀着孔子的"后世知丘者以《春秋》，而罪丘者亦以《春秋》"的胸襟着笔的。因此，他冠他的小说以"史"的名称。

抱着以小说来记述史实、褒贬人物的目的，吴敬梓便不仅着眼于艺术地反映真实，——在这点上，他的人物所以大都以雍、乾间的真实人物为模特儿。——而且也要求尽可能使作品网罗当时儒林生活的主要方面，至少也要包容他所认为不可不记的代表人物在内。在这种写历史的欲求下，吴敬梓遂不以设立主角和故事的系统性的构成为务，而只是典型地反映了纷沓的生活的本原状态。借着他所描写的各自独立而又互相联系的诸事件，仿佛是点之间构成线，线之间构成面似的，吴敬梓真正完成了一幅时代的风俗画，一部现实主义的历史。

吴敬梓充分地利用了自己的生活知识，自己的见闻和诗的积蓄。一方面，他担心过分的虚构会使作品显得不真实，为求包罗诸种事态而不使记述史实的意义蒙受伤害，便避免了系统的故事的人工的构成。另一面，为了回护掩映，使全作获得一些连贯和呼应，便不但使各个部分的人物和情节互相关联、对比、衬托；不但通过人物的嘴，追述前此曾经发生过的事件；而且也在后半部出现了若干以前出场过的人物。例如马二先生和蘧公孙等人的出现在祭泰伯祠的前后。这些重现的人物在以后的情节中虽然没有先前那样重要的地位，但他们的性格，前后却是非常统一的，而且他们的一言一行，使人极其自然地回想到他们以前的经历。例如第四十六回，马二先生和迟衡山等听了高翰林非议杜少卿后各谈感想，因为高翰林说到读书人应该从科举"正途"出身，这番话便部分地投合了马二先生的看法，所以他认为"方才这些话，也有几句说的是"。这使人不得不想起第十三回他向蘧公孙宣传"举业"的那副迂态。第三十四回蘧公孙听杜少卿谈诗，只说了一句话，便完成了极其符合他的身份的深刻的心理描写：

……杜少卿道:"《女曰鸡鸣》一篇,先生们说他怎么样好?"

马二先生道:"这是《郑风》,只是说他不淫,还有甚么别的说!"

迟衡山道:"便是。也还不能得其深味。"

杜少卿道:"非也。但凡士君子横了一个做官的念头在心里,便先要骄傲妻子;妻子想做夫人,想不到手,便事事不遂心,吵闹起来。你看这夫妇两个,绝无一点心想到功名富贵上去,弹琴饮酒,知命乐天。这便是三代以上修身齐家之君子。这个前人也不曾说过。"

蘧㺉夫道:"这一说果然妙了!"……

旁人不来担承这喝彩的角色,单叫蘧公孙来称妙,是因为这番话正打中了他的心坎,对他是最为感慨系之的事。他的尊夫人正是刚在新婚燕尔,便逼他钻营举业的夫人迷。因此,这蘧公孙的一句赞叹,第十一回《鲁小姐制义难新郎》的情节便像乐曲中的变奏的主题重现,电影中的以叠影构成的蒙太奇似的浮现在我们的耳目之前了。

因此,吴敬梓在充分利用他的人生经验以表现广阔的时代生活时,虽然系于自己特定的创作目的而不重视系统故事的构成，但仍在笔触所及，沟通了各部分之间的关系。这种联系并不是矫揉造作，借作者的斧凿而形成的，而仿佛直是生活本身便具有这种联系在。而这种生活中自具的联系之存在，便使作家更利于从各种角度、各种现象来表现一个共同的历史内容。

这种与一般长篇小说不同的格式，虽然是独创的，但在我国文学史上，也具有传统的渊源。不借一个或少许主角为中心，从而构成单一的系统完整的故事来表现生活，却是借许多几乎是平列的人物，各组自为段落的故事来表现一个时代的形形色色，在中国文学现象中并不自吴敬梓的《儒林外史》始。远在艺术文学尚未建立独立的领域的古代，许多文学意味很浓重、直可以文学作品目之的史传如《战国策》《史记》，记述旧事近闻的如《世说新语》，虽然规模体裁不同，但都具有这一性质。从《儒林外史》的表现方法，我们看得出，吴敬梓特别是受了《史记》的深刻的影响。说吴敬梓是师承了司马迁作《史记》的方法来写《儒林外史》的，恐怕亦不为过。

《儒林外史》的构成，和《史记》中的叙毕一人又引出第二人的"列传"的体例相类，不过扩短篇为巨制，范围更大罢了。吴敬梓描写时"无一贬词，而情伪毕露"的"婉而多讽"的手法，也和《史记》以及奉《史记》为圭臬的"皮里阳秋"的史官笔法同工。这种结构和表现方法上的近似，绝不是偶然的事。吴敬梓，可说是怀着司马迁作《史记》的心情写下他的《儒林外史》的；他的"秉持公心，指摘时弊"，确带有一个良史家的抱负和气度。

《儒林外史》的结尾处，第五十五回的回目，题为《添四客述往思来》，这岂不正是直接取了《太史公自序》中的"故述往事，思来者"的原文吗？吴敬梓和史迁一样，是企图将自己的作品作为时代的见证的。司马迁的发愤作《史记》，据他自述，是步武孔子作《春秋》之志，用文章来批判时代，通过对是非善恶的褒贬来揭橥自己的理想的。《自序》中写道：

> 太史公曰：余闻董生（仲舒）曰，周道衰微，孔子为鲁司寇，诸侯害之，大夫壅之；孔子知言之不用，道之不行也，是非二百四十二年之中，以为天下仪表。贬天子，退诸侯，讨大夫，以达王事而已矣。子曰：我欲载之空言，不如见之于行事之深切著明也。……

这里说明了作者的处境、目的和方法。处境是，为统治者和污浊的社会势力所不容；目的是，辨别是非，揭发生活中美好的和丑恶的现象用以宣示自己的人生理想；方法——与其用概念的谈经说道，不如诉诸事实，即通过形象的方法。

司马迁是这样，吴敬梓也是这样。

但是，作为一个传记文学家的司马迁，必须谨守对象的事件的真实，不能任意地概括综合，也不能附丽以太多的想象。小说家的吴敬梓，却可以避免这种局限，他可以用艺术的虚构来达到批判生活的目的，而不必像司马迁那样当事实的内在意义不显豁的时候，就必须用"太史公曰"的议论来作补充。由于不需要夹叙夹议，不需要概念的附加物，"外史"便可以完全诉诸形象来达成作者的表现意图。在这方面，吴敬梓又从唐以后的艺术文学的传统中取得了他的滋养和借镜。

《儒林外史》中有很多情节，系从旧有说部中汲取加工而成，前人已屡有发明。如第十二回《侠客虚设人头会》、第十五回《葬神仙马秀才送丧》等故事之出于唐冯翊的《桂苑丛谈》，第三十八回《郭孝子深山遇虎》之出于唐张𪥌的《朝野佥载》，第三十四回《爱少俊访友神乐观》的故事与褚人获《坚瓠集》所载徐子舆事同，等等。其他杂采旧说处尚多。这些素材经过他的熔铸，大都成了独创的东西而有助于他刻画人物的工作，这说明吴敬梓是极其善于汲取前人的智慧的。而从《儒林外史》的格局上，我们又可以看出作者受了《水浒传》的影响。《水浒传》的引首写洪太尉宣张天师的故事，和《水浒传》正文的情节不连；《儒林外史》首回楔子叙王冕生平，也和正文没有情

118 　　　　　　　　　　　　　　　　　　　　　　《儒林外史》简说

节上的关系。《水浒传》楔子石碣下冒出一股黑气，和《儒林外史》楔子天上降下一伙星君亦相神似。《儒林外史》的群儒集祭泰伯祠，也不能不令人想起《水浒传》英雄大聚义的场面。文化上的独创性原不能排除传统的因素，相反，正是以接受传统为前提，在传统的基础上完成的。独创性的艺术家吴敬梓的借鉴前人，并不是依样画葫芦的抄袭；他的形象都来自他的生活经验，绝不是前人作品的某种拷贝。像《水浒传》这样影响巨大的作品，后代的小说作家不知有多少人模仿过它的人物和情节；就连颇可称为杰作的《平妖传》，也有很多地方显然是袭取《水浒传》的若干片段的。如第九回《冷公子初试厌人符》中的蛋子和尚被招待的情节，从文句上就可以看得出是模拟《水浒传》中施恩款待武松的情节的；第二十六回《野林中张鸾救卜吉》，则俨然是《水浒传》中《花和尚大闹野猪林》的翻版。《平妖传》尚且如此，其他缺乏才华的小说，更不消说。但在吴敬梓的场合，师法永远不等于是模仿。从内容到形式，都表现了作者独特的个性，因为如此，《儒林外史》才能成为我国现实主义文学传统中的一个高峰。

吴敬梓的所以能不落前人窠臼，他的作品所以表现了他独特的个性，便在于他真诚地企图表现他所处在的时代的生活。他的创作欲望是被生活中的问题所激发起来的，而他便以自己的全部生活经验为基础，竭尽所能地记叙了那个时代生活的特征。他的写历史的明确目的，使他不惮于以甚广的幅员来展示生活中的甚多色相；是以他既不能袭用前人已经铸定的成品来装点自己所表现的特定的对象，亦雅不愿使自己所积聚的饶有诗意的材料被排除，被委弃在他所写历史之外，如果不是采取了《儒林外史》那样的非常自由的格局的话，要收摄如许纷纭的事象是很困难的。这样，我们就不难理解，《儒林外史》的艺术形式，它的结构和表现方法的所以如此的内在原因。它们是被吴敬梓的创作目的和由以实现这目的的他的生活经验所规定的。

作家的生活，从生活里兴起的创作企图，以及他对生活的和美学的观点，一言以蔽之，他的艺术认识的性格，决定他的作品的性格。不仅作品所反映的内容，而且它的表现形式也必然要体现作者的艺术认识。《儒林外史》的独特的形式，从体裁到表现方式，便都是吴敬梓的独特的艺术认识的体现。在评价艺术作品时，问题在于作品所表述的艺术认识是否经得起时间的考验，所赖以表述艺术认识的形象是否真实，是否诗；也即如上所述，是否通过典型显示了社会的真实。至于作者所采用的是何种体裁，何种表现手段，那是无法离开所表现的具体内容来谈的。它们究竟孰优孰劣，总管要以内容的显豁度、谐和度为标准。而且，"一般地说来，"别林斯基说得好，"文体并不像一般所设想的重要：当和内容谐和时，形式总是优美的"①。

十一、从楔子窥全豹

> 手持绝妙倪迂画，
>
> 画出逍遥庄叟园。
>
> ——《题王溯山左茅右蒋图》

为了比较具体地理解吴敬梓的艺术认识和表现方法，不妨取《儒林外史》的楔子来作一番粗浅的考察。

在吴敬梓以前的人们所写的王冕，就文笔说，朱彝尊《曝书亭集》中的《王冕传》是较好的一篇，但那不过是记述了他的行状，而且在那里面，王冕被写得仿佛是一个故意矜持、自高身价的人。例如他和申屠駉的关系：

> 高邮申屠駉任绍兴理官，问交于王艮。艮曰："里有王元章者，其志行不求于俗，君欲与语，非就见不可。"

---

① 《别林斯基选集》中译本第一卷，第218页。

骃至，即遣吏自通。冕曰："我不识申屠君。"谢不见。骃乃造其庐，执礼甚恭，冕始见之。

而且，在前人的记叙里，王冕的性格为什么会如此孤傲高洁，他的生涯，他的时代背景，都是模糊的；那些作者尽力渲染他的怪诞的行为，结果愈使人不能理解。

吴敬梓所写的王冕，却是一个有血有肉的真实的人物，这人物有他自己发展的道路，从这人物背后，我们看得见浓郁的社会的、历史的投影；使我们不仅获得了对王冕生涯的鲜明的认识，而且感知了那时代生活和社会关系的明晰的轮廓。别林斯基说道：

> 中篇小说是人类命运无穷的长诗中一个简短的插曲！这一中篇小说底定义，可以适用于一切艺术创作的体裁。诗人底全部本领，应该是把读者放在这样的一种观点上，使他们可以从略图中、缩影中看到整个大自然，有如地球在地图中一样，让他感觉到鼓舞宇宙的生命底吹拂、呼吸，给他带来那燃烧宇宙的火。……①

----

① 《别林斯基选集》中译本第一卷，第37页。

《儒林外史》简说

吴敬梓这个楔子，这篇描写王冕故事的短篇小说的典范性就在此。这是一篇非常干净利落、朴质而完整的短篇小说，在王冕生涯的发展中，贯穿着两种社会势力的斗争，显示了作者的态度，并由于作者的态度启导着读者对两种势力的同情或憎恨。

两组人物：一方面是王冕、王冕的母亲、秦老；另一方面是危素、时知县、翟买办和一个胖子、一个胡子、一个瘦子。

王冕的性格的形成，首先是由于他的母亲。这是一个以自己辛勤的劳动育养着孩子的寡妇，一个穷苦然而坚强的劳动妇女。她具有劳动人民的极动人的性格，一种从本阶级带来的极其自然的意识使她和统治阶级处于敌对的地位，她不像一般往上挤的母亲一样盼望儿子升官发财，临死还谆谆告诫儿子：

> 我眼看得不济事了。但这几年来，人都在我耳根前说，你的学问有了，该劝你出去做官。做官怕不是荣宗耀祖的事？我看见那些做官的都不得有甚好收场。况你的性情高傲，倘若弄出祸来，反为不美。我儿可听我的遗言：将来娶妻生子，守着我的坟墓，不要出去做官；我死了，口眼也闭。

这不是"人之将死"的最后的对儿女的眷恋。这位慈爱的母亲不是拖着儿子不放的溺于私情的妇女,当王冕得罪了时知县时,她支持着儿子的不和统治者打交道的高洁的行为,鼓励儿子远出,不要以她为念。她的爱对王冕是种极有力的鼓舞。

秦老是一个善良纯厚的农民,他不仅具有劳动人民的同情,不断照顾和体恤孤苦的王冕母子,而且他也支持王冕洒脱的行径。他"虽然务农,却是个有意思的人。因自小看见他长大的如此不俗,所以敬他爱他,时常和他亲热,邀在草堂里坐着说话儿"。同时,秦老究竟是一个饱经世故,本分而害怕官府,因而又有其性格的软弱的一面的人物。因此他和县衙门的头役兼买办来往,结干亲;撺掇着王冕给知县画画;劝王冕不要和知县相拗。但是,劳动人民的慈爱淳朴,究竟是他性格中基本的一面,他给予王冕性格的发展以良好的影响。

但是,另外的一流人物,在十三四岁的少年王冕之前出现了:胖子、瘦子和胡子。这是一些趋炎附势的乡绅,作者虽然没有正面描叙他们的社会身份和性行;但在仅仅三四百字、几句对话的勾勒中,他们的嘴脸便已经很鲜明了:

那胖子开口道:"危老先生回来了。新买了住宅,比京里钟楼街的房子还大些,值得二千两银子;因老先生要买,房主人让了几十两银卖了，图个名望体面。前月初十搬家，太尊县父母都亲自到门来贺，留着吃酒到二三更天。街上的人，那一个不敬！"

那瘦子道："县尊是壬午举人，乃危老先生门生，这是该来贺的。"

那胖子道："敝亲家也是危老先生门生，而今在河南做知县。前日小婿来家，带二斤干鹿肉来见惠，这一盘就是了。这一回小婿再去，托敝亲家写一封字来，去晋谒晋谒危老先生；他若肯下乡回拜，也免得这些乡户人家放了驴和猪在你我田里吃粮食。"

那瘦子道："危老先生要算一个学者了。"

那胡子说道："听见前日出京时，皇上亲自送出城外，携着手走了十几步；危老先生再三打躬辞了，方才上轿回去。看这光景，莫不是就要做官？"

完了，对这三个假充风雅，在湖边柳树下喝酒的乡绅兼名士的描写就只有这么多。然而，这寥寥数语，既然已经唤起了读者的对他们的憎恶，那么他们在朴素的农家少年、"心下也着实明白了"的王冕身上所引起的鄙恶的感情，也就极其自然了。这是上流社会人物投给王冕的幼稚天真的心灵的第一个印象。

同时，和王冕这一人物相对照的危素，也在这第一个印象里呈现了他的侧影。

接着，正面的冲突便在两种势力之间展开了：王冕却不过秦老的说情，给时知县画了二十四幅画；那办差的翟买办一开头就干没了他一半的笔资。危素要时知县请王冕来一见，这狐假虎威的翟买办的欺压善良人民的奴才嘴脸便全部显露出来了。还是深通世故的秦老叫王冕塞了点钱，告了病，才把他打发走。通过这衙役的简洁的描画，旧社会中的官府和人民的关系明朗地呈露到了我们的眼前。继之，作者又给我们勾了一幅时知县这一丑恶的形象的简笔画。

写时知县，吴敬梓用了一段洞察这一类型小官僚的肺腑的心理描写：

> 知县心里想道："这小厮那里害甚么病！想是翟家这奴才，走下乡，狐假虎威，着实恐吓了他一场，他从来不曾见过官府的人，害怕不敢来了。老师既把这个人托我，我若不把他就叫了来见老师，也惹得老师笑我做事疲软。我不如竟自己下乡去拜他。他看见赏他脸面，断不是难为他的意思，自然大着胆见我；我就便带了他来见老师，却不是办事勤敏？……"又想道："堂堂一个县令，屈尊去拜一

个乡民，惹得衙役们笑话。……"又想道："老师前日口气，甚是敬他；老师敬他十分，我就该敬他一百分。况且屈尊敬贤，将来志书上少不得称赞一篇。这是万古千年不朽的勾当，有甚么做不得！"

他下了乡，可是倔强的王冕偏不见他，躲掉了。他一怒，马上想抓王冕责惩，但又怕危素说他暴躁，只好含着怒，另找机会处置他。可是不等他报复，王冕便逃开了这"倚着危素的势要，酷虐小民，无所不为"的知县，远出流亡了。

最后，对这声势显赫的危素，吴敬梓只用了几处侧笔；终结处点出他"归降以后，妄自尊大，在太祖面前自称老臣，太祖大怒，发往和州守余阙墓去了"。这个号称学者的大官僚，吴敬梓主要只从对他的门生，他的崇拜者的刻画中就暴露他是什么样的一流人物。这个在元朝统治下屈膝为奴的头面人物，到了新朝，还会面不改色地自称老臣；在王冕这一正面人物的对衬下，无一贬词地就把他埋葬了。

王冕在流亡生活中，既不见容于济南府的俗财主，又目睹了逃荒百姓的流离失所的惨状，进一步认识了政治的腐败和统治者的罪恶；而在归途中，又听到了"酷虐小民"的时知县反而升了官，伪道学的危素也还了朝；这一切更使他看透了社会的实情；不与统治者同流合污的孤傲的性格便达到了成熟。此后，哪怕再来礼聘他做官，他也逃入山中，不再出头了。

这个放牛出身的知识分子的道路便是这样。他的生涯，他的性格，他的情操，是在一定的社会气氛中，两大敌对势力的搏斗中被决定的。而且这人物的本身正好显示了这社会和它的斗争。

吴敬梓通过王冕这一个人物的描写，提出了一个极其重大的问题及其解答。

问题：在这样恶劣的社会中，在这样酷虐小民的统治中，知识分子应该怎么样？

他的回答：向统治阶级投去傲岸的鄙视，不和他们同流合污！

这样一个主题——这贯穿全书而在整部《儒林外史》中展开的主题，作者用了人物的性格，他们的如此如彼的活动诉诸读者，使读者在对人物的同情和鄙恶中认取肯定的和否定的、正直的和邪僻的、美好和丑陋的。……

这里没有惊险出奇的情节，没有添枝添叶的描写，没有浮溢于作者的感情的矫作和藻饰，一切都是自然的、朴素的、美好的。一个被前人写得有些古怪的人物王冕，在吴敬梓笔下，就变成极其合理的人：典型环境中的典型性格。

在吴敬梓，着力的是写人物；写人物着力的是从他们的动态中，在他们相互关系中显示他们的灵魂。人物的关系形成了小说的情节，情节的发展又簇拥出人物的形象。以王冕的发展为线索，周围的人物和社会关系逐一显露，主人公的斗争和命运便吸引了读者；生活中的诗便给作家的灵手抓住了。而在吸引读者以前，这些人物和生活首先就打动了作家自己。作家对他们的甚深的理解、甚深的爱惜、甚深的观察和感受造成了作品的艺术的力，并从那里取得了自己的艺术方法。

不但楔子如此，全部《儒林外史》中，吴敬梓没有在静止的状况中写过一个人物，人物的出现便是人物的活动和彼此的纠葛，因此，除了极少数的人物外，书中的数以百计的大大小小的人物都是生动的、真实的，哪怕作者只给了他一笔两笔。《儒林外史》的生命力便在此。

十二、《儒林外史》的价值和影响

美人一赋堪千古，

何用《子虚》与《上林》！

——《秋病之二》

当然，《儒林外史》并不是毫无瑕疵可寻的。它的缺点倒不是"那时候还没有社会发展的科学理论，所以作者虽然看到了封建社会里种种不合理的制度、习俗，也预感到封建社会的趋于没落，却看不到发展的前途。因之，他虽然反对科举制度，看不起做举业的人，却不知道自己应该怎么做才对"[1]。那是历史的限制，在作者，是一个时代的悲剧；而在我们，与其责怪他不知道应该怎么做，倒毋宁应该尊重他看到当时社会的不合理和它的趋于没落的预感，他在那个时代的天才的远瞩，他的时代的先进者的意义的。同样，作为士大夫的吴敬梓的若干阶级偏见之反映到小说里，我们也不应忘记了他所处在的时代和他的生活经历而对他有所苛责。吴敬梓的弱笔，是表现在少数脱离了生活的真实的人物的描写上面。例如第三十八回郭孝子的故事，第三十九回萧云仙平番的故事，第四十三回野羊塘战争的故事，都缺乏生命的真实的气息；而且和整个作品也很少内在的联系，艺术上十分软弱。当一个作者越出了他自己所熟悉、所能控制的生活的范围，只有带来描写上的不真实，失败便不可避免了。像《郭孝子深山遇虎》的故事，如前所述，作者是汲取了张𬸚的《朝野佥载》中的记叙的；作者自己的生活

---

① 宋云彬：《讽刺小说"儒林外史"》，载《解放日报》1954年2月14日。

经验无法融化这个故事，所以只能作一些虚伪的夸张；相反，如果当一件也是取之于前人的故事，而能为作者自己的生活经验所改造、所融化的时候，便能天衣无缝地纳入他的作品，而成了仿佛是他独创的东西。例如杜慎卿访来霞士的故事出之于《坚瓠集》，杨执中"不敢妄为些子事，……"一诗直取元朝吕徽之的七律下四句等等，早经前人指出。但一点也不妨碍那人物的真实。

但是，这点瑕疵的存在，绝不妨碍《儒林外史》作为不朽的巨作的历史意义。《儒林外史》在中国小说史上，是具有开创性的杰作。它的作为中国讽刺小说的开山意义，已经由鲁迅指出；事实上，在长篇白话小说上，《儒林外史》也有开山的意义在。中国白话小说，除了短篇的以外，长篇的在《儒林外史》以前，堪称为杰作而流传较广的有《水浒传》《西游记》《金瓶梅》《三国演义》等等。《水浒传》《三国演义》都是由话本和讲史发展而成的，施耐庵、罗贯中等的创造性的编写固然有其不朽的意义，但以题材和故事论，早已有几代的无名作家替他们做了先行的工作；《西游记》也有《大唐三藏取经诗话》和元人的《西游记》杂剧等给吴承恩做了许多的准备工作；而《儒林外史》，在作者描述当时的生活，不赖前人的现成的故事做蓝本这一点，只有《金瓶梅》可以与之并论；而《金瓶梅》

还是"间牒以词调，诗，联对摘句、四六短文"①的词话，不脱说书的体例，"其取材犹宋市人小说之'银字儿'"②，不脱其"拟话本"的遗习。但《儒林外史》却已经是脱尽话本的窠臼，而是创作小说了。这是就文学样式上言，它具有首创的性质。

就内容言，《儒林外史》在中国小说史上也是空前的。中国白话小说导源于唐宋的说话和讲史书，所以后来的作者沿袭下来，题材也不出于烟粉、灵怪、传奇、说公案、说铁骑儿以及历史上的兴废争战故事。而《儒林外史》，却专写知识分子，开辟了一条前人未曾走过的道路。不但如此，而且他写知识分子，又毫无一丝"佳人才子"的香艳俗套，小说里一个爱情故事都没有，只借着社会生活的一个方面的真实而深刻的揭露获得感人的力。而直到新文学运动兴起为止，"亦鲜有公心讽世之书如《儒林外史》者"③。这杰出的意义是不可抹杀的。

《儒林外史》在中国小说史上而且有深厚的影响。晚清的谴责小说如《官场现形记》《二十年目睹之怪现状》等，无疑是受了《儒林外史》的影响的。在一定的意义上，《儒林外史》是和"五四"以后的中国新文学最有密切的血缘关系的古典作

---

① 孙楷第：《论中国短篇白话小说》，第55页。
② 《鲁迅全集》第九卷，第323页。
③ 《鲁迅全集》第九卷，第373页。

品之一。

《儒林外史》所反抗的那个可诅咒的社会制度虽然远远地落在历史的后面了，在共产党的领导下建设社会主义社会的新中国，产生《儒林外史》的黑暗生活的社会基础虽然已经消失了，但旧社会的各种遗毒，今天仍然严重地存在于人们的意识和生活习惯之中，而成为社会前进的阻力；而且，由于人民力量的决定性的强大，这些"旧的、倒退的事物在新事物的打击下，从来没有像今天这样伪装得精致，这样难以辨认"①。因此，像照妖镜那样揭露出旧社会的污物的原形的吴敬梓这一杰出的小说，不仅在艺术上永远是我们的典范，而且在现实斗争的意义上，对我们也仍然是异常宝贵、异常新鲜的"教科书"。

关于《儒林外史》的两封信

这是 1957 年夏天，我给亡友叶帆的两封讨论《儒林外史》的信。可惜他给我的那两封见解新颖、议论精辟的来信，因我在"大革文化命"时落得片

---

① 引自艾利斯伯格：《俄国讽刺文学古典作家与苏联文学》，见《学习译丛》1953 年第 2 号所刊的译文。

纸无存，当然再也找不到了。他家也几度被破过"四旧"，凑巧的是，这两封回信他因借给另一个朋友看，没有收回；那朋友虽然也被破过"四旧"，却碰上了比较宽容的"小将"，所以得以历劫而幸存。写信的当时，曾有意整理后设法发表，不料转瞬之间就来了一个大运动，我便失去了发表文字的可能。现在发表出来，也可算是一点小小的纪念。

二十多年逝去了，距我亡友之弃世，也已过了十几年，如果他有墓地，该是墓木已拱了。如果他能活到我们又能弄弄笔墨的今天，有多好啊！

1980 年南至夜记

一

你信末的那段话确是切中时弊，当前评论古代作家和作品确实有这种倾向，喜欢把自己的研究对象颂扬得过分，甚至把屈原、杜甫们说得比当代人的认识水平还高些。但我不承认我对吴敬梓曾有脱离实际的溢美，也并不如你所说在提到他的缺点时，也是虚应故事的空泛的套语。当然，我对《儒林外史》

的弱点是讲得比较疏简的，因为我写此稿，是为了纪念吴敬梓的逝世二百周年，应景之作嘛，多少有那么一点"批判会上无好人，追悼会上无坏人"的味道，不愿把小说的缺点加以强调。不过，我如果要较细地评论小说的缺点的话，仍然只能将我已经说过的那些批评它的话加以引申，此外就再也提不出什么来了。

我也同意你的见解："评论前人，即便是大作家的作品，也应该像议论自己熟悉的朋友的作品一样，优缺点都直言不讳。"而且事实也确如你所指出的那样，即使卓越如吴敬梓，他作品中的缺点和败笔也是够多的。除了来信所列举的细节上的疏漏之外，同样的例子我还可以举出很多。例如人物之间的辈分的矛盾，事件所发生的时间的矛盾，等等。

第八回，蘧太守对娄三、娄四公子道：

> ……二位贤侄回府，到令先太保公及尊公文恪公墓上，提着我的名字，说我蘧佑年迈龙钟，不能再来拜谒墓道了。

这里，尊公文恪公，是娄琫、娄瓒兄弟的父亲，即蘧佑的内兄或内弟；太保公是蘧佑的岳丈，即两位公子的祖父。

但到第十回，叙及鲁翰林时，说"编修原是太保的门生"；他应该是和文恪公同辈，而对于两位公子则是父执。鲁编修称他们为"两位世兄",倒亦无不可;在旧社会中,称世交的侄辈为世兄弟的也常有。但世侄之对世叔,却从无称兄道弟的规矩。而这一回中写着:

四公子道:"小弟总是闲着无事……"

这就把祖父的门生当作自己的平辈,把自己整整升了一辈,太不像话了。

又如,时间的失真:第三十回,杜慎卿在南京莫愁湖上召集梨园子弟会演,演出的剧目中有《窥醉》《借茶》《刺虎》等数出。情节进行的年代应是明嘉靖年间。这三出戏中,《窥醉》是徐复祚的《红梨记》中的一折,《借茶》是许自昌的《水浒记》中的一折,都不应为嘉靖时所有。尤其是无名氏《铁冠图》中的《刺虎》一折,所演的是明末崇祯自缢后,费宫人刺杀李自成部将的故事,这样的戏在距崇祯甲申约一百年以前的嘉靖年间演出,岂不可以和关公战秦琼这样的笑话媲美吗?

至于这部以写明代故事出面的小说中所出现的清代的职官、名物和制度,更是不胜枚举。

吴敬梓不是一个陋儒,除了人物的辈分是粗枝大叶的失误以外,其余的这些,他都不是不懂。其原因就在于,在他心目中，他的小说是再现当时的现实的，他寄心寓目的所在肯定不是他用来作幌子的明朝的生活。而且，依我看，这些疏漏也并不对艺术形象产生多大的损害，简直可以略而不论。真正泄气的，是后半部那些演绎概念，敷衍故事，因为缺乏生活而形象干瘪的许多章节。除了我在《论儒林外史》第十二部分《〈儒林外史〉的价值和影响》中所提到的郭孝子历险记、平少保青枫亭的战事、汤总镇野羊塘的战事以外，还有凤四老爹行侠的故事，以及吴敬梓大肆铺排的煞有介事的泰伯祠祭典，等等，都是缺乏真实的苍白无力之作。甚至连将自己也绘写在内的杜慎卿、少卿兄弟的一则雅儒风流、一则豪爽脱俗那些段落，也显得相当矫揉夸饰，不是那么真切动人。从杜慎卿那样显然是矜持过分的洁癖——这人物不知为什么使人想起《红楼梦》中的尼姑妙玉——里，我们还可以体察出吴敬梓对"青然兄"的皮里阳秋的讥弹；但对杜少卿，他确是一本正经地当作肯定人物在写的。可是第三十二回《杜少卿平居豪举》中对黄三、臧蓼斋、张俊民即张铁臂的乱周济、乱给钱的描写，显得这人物根本不是仗义疏财，而是专门上当受骗的瘟生，既不怎么可爱，又夸张得不符常理。看来，夸张手法只适合于喜剧，用于正剧就得严格控制分寸。对虞博士的刻画，也有类似的毛病。

请你仔细去翻一翻《儒林外史》，你会发现第二十八回是一条分界线。在二十八回之前，诗人的真挚的感情和睥睨世俗的强大的理想力量，充溢在生动饱满的形象之中，有如液汁胀满于成熟的果实。那些人物，从申祥甫、夏总甲、周进、梅玖起，有名字的和不起名字的，乃至只草草地勾勒了一两笔的，大小人物不下七八十个，无不神形毕肖，呼之欲出。人物既是活的，有艺术概括力的；因此他们之间所烘染出来的社会关系也是活的，有艺术概括力的。这些高度真实的一幅幅社会风俗画，是艺术家吴敬梓汲取生活、驾驭生活的天才的结晶。同样的智慧的闪光，后半部只在第四十五回至四十九回和第五十三回至末尾才又重现。后半部的其他十多回，相形之下就显得黯淡无光，只在某些细节爆发一点诗意的火花。

现在还缺乏足够的资料可以确凿地证明吴敬梓是花了多少时间写成这部小说的，以及他在创作过程中是否有过停歇。但至少有两点是可以设想的，其一，在将事件发生的场景搬到南京以前，或到南京后鲍文卿死去（或稍后）的部分，是属于同一时期一气呵成的。这是他创作力最旺盛的时期。其二，这以后的部分，写作年代至早不得先于1736年，即乾隆元年丙辰；以杜少卿自况的吴敬梓这年被荐应征而且托病辞掉。可以想见，辞去征辟一事，对出身于科举家庭的士大夫吴敬梓说来，是生涯中的一件大事，在发生这一事件的当中和以后，他必然有过艰苦的思想斗争，必然考虑他今后生活的前景和奔赴的方向。这一下，他和科举是无可挽回地决裂了。可是，在他看来，拒绝征辟，和科举制度分手，虽然是对这一毒害知识分子乃至污染了整个社会风气的恶劣制度的蔑视，但毕竟是独善其身的消极规避。他必须找一条出路，以体现他积极抗衡的理想。这理想就反映在他的后半部小说里。而由于他所设计来改造士风和社会风气的理想的虚幻性质，它之在生活中找不到物质的和历史的依凭，它只能成为一种不切实际的空荡荡的概念。当他依靠概念在小说中运行时，就只能拼凑一些前人书中的或自己臆想出来的情节来进行演绎。他脱离了生活，脱离了社会关系的真实，也就脱离了现实主义的法则。

吴敬梓是在圣经贤传的熏陶中长大的。在艺术实践上，得力于生活的营养，得力于实际经验中的切肤之痛般的人生感受，他的艺术认识的积极部分可以战胜他头脑中的理念形态的世界观，在作品中体现出庸人们所不能察觉的历史运动的法则。然而当他要为社会设计一个理想的蓝图，即跨入其艺术实践不很相干的政治性的领域中时，他头脑中的以理念形式而存在的世界观立刻就占了上风，他就仍然只能回到儒家思想的框子里找出路，只能向往于不受科举制度和八股文污染的儒家学说，即讲求所谓经世致用的礼、乐、兵、农。《儒林外史》后半部的许多篇幅，就是这些概念的演绎。以泰伯祠的祭典，平少保和汤镇台的靖边，萧云仙青枫城的辟治农田水利、兴办学校，来分别图解他的礼、乐、兵、农的主张。这些设想在现实生活中既没有基础，甚至在他头脑中也并无定型。作家只能飘荡在自作多情的乌托邦里，这是哪怕大天才也逃不出困境的。

你也提到，泰伯祠祭典是吴敬梓刻意渲染，绞尽脑汁想把它构成为高潮的章节。可是你想一想，为此而"制造"出来的几个人物，如虞博士、庄征君、武书、迟衡山等等，不管作家如何美化他们，人物始终还是站不起来，没有生命，或只是半活。比起小说前半部那些有血有肉、活灵活现的人物来，只不过是一些影子罢了。至于像尹昭、宗姬、余夔、虞感祁、储信之类，更加只是一些筹码。翻过这一页，名字也就忘了。连上半部写得如此鲜活的马二先生、蘧公孙、景兰江等人，到了这里也仿佛成了这些人物的遗蜕。一旦失去了活的、典型的性格之间的辐射，就渲染不出典型的环境，从而，人物也就随之枯萎。于是，读者只看见一群木偶在祠堂里转来转去，兴，拜，兴，拜。连语言也不是诗的语言，而是一篇流水账般的仪注。必须有极大的耐心，才能咬紧牙关一行一行地读完。

请想想，吴敬梓这样大书特书的复兴礼乐的盛举，仍然不得不动用被他如此无情地嘲笑和鞭挞过的蘧公孙、景兰江、金

　　　　　　　　　　　　　　《儒林外史》简说

东崖之流来完成，让这些出乖丢丑的人物来实践他的理想，这本身就是一个极大的讽刺。这是吴敬梓的悲剧，也正是那时代的悲剧。从这个意义上说来，这些章节的失败，倒是在客观上提供了某种认识价值的，但可惜已不是艺术作品的认识价值了。

至于郭孝子历险记和两场纸上谈兵的战事，就更和"儒林"没有关系。如果吴敬梓是我的朋友，我一定劝他干脆删掉。……

作家把自己所设计的政治方案硬塞进作品中，是不能构成艺术的。雄辩的言辞也好，图解式的情节也好，都是徒劳。恩格斯说过，小说通过对现实关系的真实描写，能打破关于这些关系的传统幻想，引起对于现存事物的永恒性的怀疑，那么，即使作家不能直接提出解决的方案，小说也已经完成了自己的使命。这些话真是至理名言。不幸，"光明的尾巴"和所谓"革命的浪漫主义"之类，看来是古已有之的，不过于今为烈罢了。

二

我很欣赏像你这样苛刻的读者。其实，不仅文学评论，凡理论文字，所谓"谨严"，不但在于鉴别资料的缜密，更在于所下的判断的公正准确，即做到你所说的"字斟句酌"和尽可能的"铢两悉称"。如果下笔之际，不明确地掌握所使用的术语的科学内涵；同时，在用某一概念评衡对象，而在自己的头脑中却没有浮现出那对象的符合于这概念的特点的话，怎么能做到惬心贵当呢？那就只能是你所说的"小和尚念经，有口无心"式的不着边际的浮词。读者其实也把那样的东西当作例行公事的条条儿看的。自己尚未深解而滥用术语的浮嚣文风，和"解放八股"一样，是一种时代病。

这种病也许我也有所沾染。但你说我在《风格即人》那一章里"虽然只见了一次"的"人道主义"一词，也应该"归于有欠斟酌之列"；并说"中国资产阶级民主革命以前，甚至在'五四'运动以前，都根本没有系统的人道主义思想"；并说我"虽用了'人道主义精神'的'精神'字样，暗示是人道主义的近似，但仍容易引起（中西）概念的混淆"云云，我却不能苟同。你又从"人道主义"和"人文主义"都源于拉丁文"Humanus"一词，说它只是反对宗教神权的绝对统治为主的欧洲反封建的新兴势力的特殊思潮；并论证中国前资本主义社会不能有同样涵义的思想。这一论点，在我看来也不免有点绝对化。我们不能单从语义学上的词语的最初涵义来限定以后发展了的概念的内容。"Humanus"这个词，汉译成"人文主义"，本来不能包含尽原来的内涵，更不能传达出词语以后衍生出来的意思。语言的涵义常常是随着社会的发展而演变的，有时增殖出来的新义，往往会限制或排挤原义。在人们的实际理解中，"人文主义"到后来已经偏重到人、人性、人文科学（Humanitas）这个方面去了，倒是汉译的"人道主义"更能反映它随着社会思潮的发展而丰富和活跃起来的政治和道德的内容；使它能概括社会行为与理想的规范以及维护人的尊严的战斗要求这样一些概念。这种词义的演进和发挥，至少在汉译上，两个词语已经发生了很大的歧异。

人文主义思想的精髓，是肯定人，否定神。这是因为，在中世纪的欧洲，物质生活和精神生活都在宗教和神学的绝对控制下，不推倒神，人就无法站起来。文艺复兴就是重新发现、争夺和确立人的庄严的权利；十八世纪的启蒙运动则是进一步深入与扩大这一要求的阵地，以人性即理性扫除以宗教为核心的封建迷信和愚昧。在中国历史上，宗教和教义的绝对统治，是从来没有确立过的。封建统治者虽然不免要用神授说和可以利用的宗教迷信作为统治臣民的辅助手段，但大体说来，是比较赤裸裸的君权统治。社会进步要求的主要阻力是政治上的专制统治的本身，与之相对抗的呼声，就是民本主义思想。

人道主义思想是人文主义（原始意义上的）和民本主义思想的题中应有之义。当人明确了必须从神权和君权的绝对统治下解放出来以取得自己人的权利的要求之后，人道主义思想跟着就会在斗争中逐渐明朗起来。人道主义是人类要求解放自己的新的觉醒。在中国，它确是孕胎于民本主义的思想之中的。明清易代之际是中国思想界民本主义思潮发展的一个高峰，传统的"民为邦本""社稷次之，君为轻"的思想被发挥到前所未有的程度。不必举更多的例子，黄宗羲的《原君》就是这种认识的典范。循着这一思想跃进，人道主义思想要求便会呼之欲出。这种思想之被不为封建礼法和科举制度所囿的吴敬梓所继承，岂不是顺理成章的吗？《儒林外史》中通过向鼎和鲍文卿的关系所显示出来的那种冲破社会等级壁垒的要求，那种讴歌人的尊严的激情，在吴敬梓以前的小说中，是从来没有出现过的。稍后，才有《红楼梦》里的贾宝玉。但贾宝玉的形象，被裹缠在爱情关系、某种"主仆恋爱"的套子里，似乎不如吴敬梓那样单纯和明朗，那样强烈地透露出作家的主观要求；这要求又不是传声筒式地吹奏出来的，因此尤为可贵。

不瞒你说，当我写下"人道主义精神"这几个字的时候，我的脑里所闪亮的便是向鼎和鲍文卿的情节。这是向你交底。

吴敬梓和曹雪芹们当然不可能有欧洲式的人道主义的系统观念，"五四"新文学运动以前系统地传布这种思想的人也不多见。但问题在于实质。当娄公子兄弟几乎以平等态度对待管坟山的邹吉甫，杜少卿优遇他的仆从的场合，还多少怀的是惜老怜贫的恕道——这是《红楼梦》里的贾母也挂在嘴上的，她的接待刘姥姥，自然更兼有猎奇和逗趣的别致的消遣法的因素——和孝敬上一辈的爱屋及乌之意；向鼎和鲍文卿的关系显然大有区别。这是彼此对人的庄严感都有认识的相互间有来有往的尊重，应该归之于崇高的感情，归之于人道主义精神。

就《儒林外史》的整体言，在吴敬梓所处的时代，他既给了科举制度以如此毁灭性的打击，则他的威力就同时危及整个社会的统治基础，或者说，使这个统治秩序乱了套。而且破坏的不仅是封建统治集团育养人才以构成统治网的组织形式，也势必触及统治的精神，即用程朱理学所改造过了的儒家政治思想。反对科举，反对这个考试的程式，必然也同时反对他的内容即程朱理学。《儒林外史》中王玉辉的故事的反对吃人的礼教，以及借杜少卿之口述说的吴敬梓解经之作《诗说》所透露出来的批评朱熹的见解，都汇向一个总的目标：反抗封建专制制度的统治形式和精神。马克思在致卢格的一封信里说过：专制政权的原则总的说来是轻视人，蔑视人，使人不成其为人。哪里君主专制的原则占优势，那里的人就占少数；哪里君主专制的原则是绝对的，那里就根本没有人了。那么，反对封建专制就是反对蔑视人，争取人作为人的庄严权利。从这个意义上说，说《儒林外史》具有人道主义精神，也是未始不可的吧。

后 记

这篇论文是为了纪念吴敬梓逝世二百周年，于 1954 年初次印行的。1957 年又修订刊行了一次。第二次发行不久，书店里就不见供应了，我想绝不是书已售罄之故。总之，流传的数量是不多的。世变迅捷，它应该早已被人忘却；不料事隔二十多年，不少前辈和新结识的朋友却还向我提起它，并且怂恿我再印。今年又恰逢吴敬梓诞生二百八十周年，所以仍乘机用它来表示一点纪念的意思。

二十多年来，既不读书，自无进益。因此现在毫无新意可加。只在原来表述得不很贴切的地方作了少许文字上的改动，并将历劫幸存的两封关于讨论《儒林外史》的信附在后面，算是对已刊过的论文的一点补充。这次修订中，承人民文学出版社古典文学编辑室同志多所匡正，在此敬表谢意。仍希读者不吝指教。

1981 年元月记于上海闸北一统楼

《儒林外史》简说

总结型和开拓型
——从一角度谈几部中国古代长篇杰作

从史的发展的或一角度言，中国古代几部第一流的长篇小说可分为两个类型，一种是总结型的，一种是开拓型的。总结型的小说表现为其题材、境界和格局都是前人有过的或长期累积而成的，不过到此达到了不可逾越的高度，以致后起的、沿着它的轨迹创作的小说从发展的全景上看只是高峰后的下坡，或高潮后的余波了。开拓型的小说则是前无古人的独创，内容和形式都开辟了一个新的境界，新的表现方法，乃至新的完美格局；它兴许会被后来沿着它的路子创作的小说超过，或者因为小说艺术发展的内部条件和外部条件而没有出现超过它的作品，但它所开辟的道路却蕴含着旺盛的生机，它的精神属于未来。

明代长篇小说的"四大奇书"中，《三国演义》《水浒传》《西游记》都是总结型的杰作。写定者发挥地总结了群众世代积累的艺术智慧，使之达到无可增损的完美程度。其中《西游记》在总结型小说中又带有一定成分的开拓意义：一方面它改变了中国长篇小说由宋元讲史传来的演史的传统，使之独立于历史小说之外，另辟了一个神魔小说的领域；一方面《西游记》作者基本上摆脱了前此小说的说书人口吻，磨掉了多少遗留着的集体创作的痕迹，以作家自己独有的个性风格融化了前人的艺术智慧，成为以后作家不借传统题材独立创造的阶梯。这两方面的发展征兆在《三国演义》和《水浒传》虽已开始，如《水浒传》已不再是《三国演义》式的标准讲史型，《三国演义》已用陈寿的《三国志》极大地改变了《三国志平话》式的宋元讲史模型，等等，但没有《西游记》那样表现得集中和明显。

历史小说和神魔小说都有其后继者。历史小说由于讲史的原始传统，甚至直到后来仍然是长篇小说的大宗，但两者都不再能出现在艺术上特别耀眼的作品，更谈不到凌驾于上述三大奇书之上的杰作了。

《金瓶梅》在中国长篇小说的内容和格局上都是开拓型的，它完全撇开了中国长篇小说传统的以历史为题材的轨道——它的假设宋代故事只有字面上的意义——展开了对当时的现实生活的描绘。这在中国古代短篇小说中，从唐人传奇起就是这样干的，宋元话本和明人拟话本的主流和大部分优秀作品也是描绘现实生活的；但在长篇小说中，《金瓶梅》是创举。这一创举使艺术和生活的关系变得更为密迩，更为直接，它使小说艺术从遥远的对历史经验的观照，从超人间的对神幻世界的折射式的玄想中解放出来，辟开了生命力无穷的艺术直薄人生的天地。

同样重要的是，《金瓶梅》改变了过去长篇小说地缘上十分广阔、场景不断流动、情节大起大落、形象只可能是粗线条的老格式，将画面集中到一个家族，通过一个家庭的命运辐射出社会关系的时代性格，为艺术描绘提供了一个聚焦，因此也为形象的、细致和深入的刻画提供了充分的条件，这在小说艺术上是具有美学内涵的一大跃进。

《金瓶梅》所开拓的路子为以后一大群小说家所承袭。明末清初的一系列才子佳人小说甚至连小说的名目也对它竞相仿效。《玉娇梨》《平山冷燕》等等题名都用主人公的名字拼成，因袭之迹显然。但这些小说将《金瓶梅》式的以家庭生活体现和辐射广阔复杂的社会关系的丰富内容这一灵魂失落了，缩小到仅仅只是描写窈窕淑女、君子好逑的爱情和婚姻；而且既然遗落了社会关系的丰富内容，所描写的男女悲欢也就只有窄狭的、表层的、情节戏的意义，更不说这批作家由于识见和才力的限制，使小说长期固定在大团圆的滥套里。明清之际出现的《醒世姻缘传》是在《红楼梦》以前唯一能在《金瓶梅》开拓的道路上有所建树的小说。它的因果报应的意识——比《金瓶梅》更加露骨——和语言上的采用方言，显然也看得出《金瓶梅》的影响；但从小说艺术发展的全景来看，它只能算是发脉于《金瓶梅》的高出周遭小丘的山峰。直到《红楼梦》问世，这才使《金瓶梅》所开拓的道路上耸现了中国古代小说艺术的最高峰。

《红楼梦》是伟大的总结性的小说，不仅是《金瓶梅》所开拓的以一个家族命运辐射深广的社会现实这一小说格局的光辉的总结，甚至也是中国封建文化发展到十八世纪的一个光辉总结，当然更是文化的分野之一的中国古代小说艺术的光辉总结。

《红楼梦》的成就及其巨大影响使大批文人倾倒，出世后一百年间一系列效颦续貂的作品充斥书市。事实是，这些模效的作者连《金瓶梅》的模效者所作的才子佳人小说的成绩也赶不上，只是一些拙劣的涂抹而毫不能从生活中发掘出一点哪怕小小的新意，从审美上讲也只能是小说艺术的可怜兮兮的赝品。即使是缩小到封建社会精神状态下的爱情现象，《红楼梦》也已经作了艺术的总结。在那个社会里的作家已不大有什么腾挪余地，《红楼梦》把生活中一切可写的都写了。承其余泽想从优娼生活中别开生面的《花月痕》《品花宝鉴》《青楼梦》等小说也只是掇拾了一点《红楼梦》的糟粕，此后更是自郐以下，清末民初的《九尾龟》已堕入恶道，略受点西方小说影响的鸳鸯蝴蝶派小说从流脉上虽也可说是《红楼梦》的末代裔孙，但究竟面目全非了。

与《红楼梦》同时，《儒林外史》以前无古人的丰姿登上了小说艺术的舞台。从作者对艺术使命感的明确自觉，小说接触生活的方面和角度，表现人物的手段直到小说的结构，都是在中国小说中史无前例的。这是在《金瓶梅》以后中国长篇小说的又一次开拓，也是古代小说中最后的一部开拓型小说。传统长篇小说中集中表现的主题：战争（历史小说）、神魔、爱情、伦理都牢笼不住它，与现实生活和日常人生带有某种距离的英雄、才子佳人，传奇性的、超人间的形象悉数被摒弃，小说展开了一幅朴素的、直薄人生的社会风俗画，这是已往小说家所没有发现和未尝涉足过的新的疆域，也是小说艺术上具有美学内涵的一大跃进。

《儒林外史》所开拓的路子理所当然地引起了人们——特别是与现实生活接触较密切、对社会的迅速趋向崩溃较敏感的作家的关注，社会大变革前夕的晚清谴责小说所遵循的就是《儒林外史》所开拓的路子。在传统的中国小说中已经不再能发现适合于干预当时生活的美学方法和表现手段，《二十年目睹之怪现状》《官场现形记》《孽海花》《老残游记》等稍有特色的晚清小说都只能步《儒林外史》的后尘，从撷取生活的方法直到结构都不例外。

《儒林外史》就它所产生的时代说来，是未来的艺术，差不多是属于现代型的平民型的小说。被《红楼梦》作了光辉的总结的时代已经一去不返了，它是中国古代小说艺术的天鹅之歌；《儒林外史》却像但丁在十三世纪预先唱出了文艺复兴期的声音一样，在封建文化尚未解体以前就为它奏响了精神上的哀歌。它所开拓的事业不可能为新文化运动涌现以前的作家所发挥尽致，这条路子直接通向和融入现代文学——从其艺术实质言，《儒林外史》是中国新旧文学的接壤现象。

只就一点，但这是在小说艺术中有决定意义的一点，来说一说《儒林外史》的现代文学性质，那就是人物性格是在生活过程中发展的，不是一次定型的。以往的小说，包括西方十八世纪以前的小说，连文艺复兴期的伟大小说《堂吉诃德》和《巨人传》也包括在内，人物一出场，性格就定型了，以后的刻画只是这一性格的多层次多方面的增益和丰富化。《红楼梦》也是如此，人物出场以后，性格已经规定，以后的描写只是使这个性格更明朗、更华丽、更生动，但基本性格不变。这一美学方法有其深刻的社会原因：前资本主义的社会步伐要迟缓得多，社会变化的节奏沉滞，事物在几十年甚至几百年内看不出显著变化，客观运动的特点决定了人们感受事物的特点，把对象当作固定的、一成不变的存在。资本主义社会的生活频率就大大不同了，人们不得不习惯于从不断运动、不断变化的过程来把握对象。文学也不能不表现生活的运动、性格的合乎生活逻辑的变化，情节在近代小说中不能不是人物性格发展的历史。《儒林外史》中的重要人物都具有这种近世型的发展特点，周进、范进的发科前后，匡超人、牛浦郎的从卑微到发迹，向鼎的气派之从知县到道员，鲍文卿之在官场和在戏班，等等，性格都在统一之中随着环境、境遇的变化而变化，符合生活的逻辑。这在中国古代小说中，即使偶而有之也不是普遍现象，在《儒林外史》中却是带有普遍性的耀眼的特点。至于《儒林外史》的摒除了诗词韵语等传统小说的常套，这些常套是前此的小说包括《红楼梦》在内所不免的。当然《红楼梦》如果离开了封建社会仕女所离不开的诗赋词曲，它就不能成其为表现那个时代的小说，更不能成为到那时为止的中国精神生活的光辉总结了。

《儒林外史》的结构颇像现代小说中的"生活流"，这说法虽然未必恰当，但作为一种中国小说中前所未有的形式上的探索，也正体现了这小说的开拓性质。

比起总结型的小说来，开拓型的小说不免带有尚未充分完美的、夹生的、蝉蜕未净的特征。《金瓶梅》洗不净宋元市人小说的习气，运用明代戏曲和市俗文艺也磨不掉拼凑焊接的痕迹；《儒林外史》运用了不少前人的文学材料，也有些和小说密接现实以勾勒时代的风俗画这一基本的艺术态度不甚协调，后半部即使是取材于现实生活的部分情节，也还没有熔铸入意象的整体，或尚未升华为诗，比起总结型的小说《红楼梦》的神工鬼斧、挥写尽致而臻于艺术上高度圆熟来，便有一种耕作疏放、琢磨未精之感。这是和作家的气质和风格有关，更是和历史尚未充分地提供开拓一种新时代的小说艺术的全部条件有关的。

本文系1986年第四次《儒林外史》讨论会上的一次即兴发言的追记，对所涉及的几部小说，也只凭一时印象，因此是不成熟的和探索性的。

1986年8月于连云港旅次

　　　　　　　　　　　　《儒林外史》简说

吴敬梓是对时代和对他自己的战胜者

在评论吴敬梓及其《儒林外史》的时候，鲁迅曾经感慨地说过："伟大也要有人懂。"吴敬梓是一个充满矛盾的人物，即使在他断然地选定了生活道路以后，甚至到他生命的暮年，他仍然在同自我战斗着，经受着无穷的克己的苦恼。如果从《儒林外史》所呈示的作家的艺术认识来观照作家的内心世界，那么，小说便是作家通过苦恼而达到的对自己的战胜。

一般说，任何一个卓越的思想家和艺术家，都是经过战胜自我、征服灵魂内部的异己力量才战胜生活、征服世界的。理解作家和作品，从或一角度说，就是寻绎作家的自我战斗的历程，把握他们对自己的战斗的内部条件和外部条件。艺术作品的生命，永远是和艺术家的生命一致的。探索作品，乃是对艺术家的灵魂的探险。

表现在吴敬梓生活道路上的最耀眼的特点，是他的独立自主的品格。他是他自己的命运的真正的主宰，是自己的道路的独断的选择者。他生命中有两次最大的、有决定意义的转折，一是毁家移居，一是辞避征辟。两次都是他自己决定的，既不是屈服于压力，也不是由于接受劝导。拿他和他时代相仿的另一大作家曹雪芹相比，《红楼梦》作者的命运基本上系由外力所造成，曹家的衰替以及曹雪芹之落入食粥赊酒、绳床瓦罐的生活，完全不是他自己的缘故，不是他自己甘愿毁弃富贵生活；而是被迫的、不可抗拒的命运的结果。曹雪芹是艺术上的主宰者，却是生活上的被支配者。曹雪芹向生活应战，他的自我战斗的胜利，表现在不屈服于命运带给他的苦难并且克服了它。吴敬梓不，他是挑战者，所迎接的命运是他自己择取的。他的自我战斗的胜利，表现在他对于争夺命运的主宰权的胜利。

和他的生活实践相应，吴敬梓在艺术实践上最耀眼的特点，是他对于自己的战斗目标的高度意识。这表现在他的作品中的——如契诃夫所说的——"浓液般的目的性"。他以意旨驱使生活，有时甚至不惜牺牲艺术，《儒林外史》有些不很成功的篇章，就是因此之故。也因此，他的艺术形象中理想的光辉之强烈，至少在中国新文学运动兴起以前的小说中是罕有其比的。这意思鲁迅早已抉发过，在《中国小说史略》中，鲁迅称吴敬梓"秉持公心，指摘时弊"。"公心"便是理想的光辉，"指摘时弊"就是作品的有所为而作的明确的目的性。鲁迅并且论称《儒林外史》这种品质在中国小说中既前所未见，"是后亦鲜有"。如果再以《红楼梦》与之相比，曹雪芹更多是以他的艺术家的感受再现生活真实，以艺术家的直觉和悟性接触到了社会关系的内在法则的；对历史运动的理性的把握带有很大的不自觉的色彩。《红楼梦》中老庄、禅悦思想以及某些自然主义阴影的纷繁杂陈，在在泄露了曹雪芹抽象思维能力的相对平凡，理念的体系化的自觉程度的淡薄。如果把艺术造诣比之于军功，曹雪芹仿佛是一个行伍出身，由亲冒矢石，实战积功而立殊勋的渠帅；吴敬梓则是熟读兵书，胸有成策，未战而谋定的指挥裕如的大将。这里得赶快声明，对吴敬梓和曹雪芹的精神素质的体察，丝毫没有褒贬抑扬之意。这是不同的禀赋、经历和素养所形成的两种不同的气质：曹雪芹更属于艺术家的气质；而吴敬梓，相对说来，更带有思想家的气质。

上面用以比喻吴敬梓在创作中的目的性的明确自觉，提到"胸有成策"和"未战而谋定"，这可以从他属稿之几乎不假思索，援笔立成，以及——至少是《儒林外史》的大部分——一气呵成、极少点窜这一点上得到证明。现在能掌握的资料还难以确断吴敬梓写作《儒林外史》的确切年岁，更无法判断他定稿的具体情况，但有一点是可以肯定的，即他绝不像曹雪芹写

《红楼梦》似的"披阅十载，增删五次"，反复修订，数易其稿。吴敬梓同时代人提到《儒林外史》时既没有谈起他辛苦改定、惨淡经营这类话，小说本身也丝毫不显出反复琢磨、不断补苴剪裁的痕迹。小说所再现的生活是作家烂熟于心，在他的艺术认识的统驭下喷泻而出的。如果要苛责的话，毋宁说吴敬梓是过于白描，过于不加缘饰，过于不讲求"技巧"了。是以较之《红楼梦》的华丽细腻，《儒林外史》更显得质朴和疏放。曹雪芹不讳言他的小说是为了发抒身世之感，他没有预期他正在通过自己的作品提出重大的社会问题；吴敬梓的风俗画则是毫不含糊地直面他所认识的社会问题，"指摘时弊"的。作品的艺术效果是他的理想、他的创作动机的直接的实现。用现代的流行语言来说，吴敬梓是自觉地"干预生活"的艺术家。

杰出的思想家和艺术家都是自己时代的精神代表。在旧时代，这些代表人物有的是社会的宠儿，有的却是社会的叛逆。前者都是维护、迎合或依顺当时的统治秩序的；后者却对当时的社会秩序在不同程度上采取抗拒或不合作的态度。吴敬梓无疑是时代的叛逆。他反对当时封建王朝倚为统治杠杆的科举制度，是众所周知、无须论证的了。在这点上，值得注意的是，以他所处的时代和他本人的出身，他持这样的态度更显得异乎寻常。假如说，在明清易代的最初几十年里，在知识分子的代表人物中，除了陈维崧、朱彝尊、王士禛、姜宸英这样一些新朝的统治势力的驯服者之外，还有顾炎武、黄宗羲、王夫之、傅山这样一些抗拒统治的杰出人物，那是极易理解的。但在吴敬梓立身的时代，经过了康熙帝六十年卓有成效的统治，清王朝的统治秩序稳定已久，已为各阶层所习惯；那时所有的优秀人物，稍早于他的如学者李塨、全祖望，稍后于他的如大批朴学家，即使不少人并不醉心于功名利禄，对科举制也有所保留，却都没有同这一制度决裂，没有在言论和行动上激烈地抗拒它。而吴敬梓又是出身于连他自己有时尚且不免依恋的"家声科第从来美"的门第，竟然最后会采取这样决裂的态度，没有强烈的理想的支持，是绝对办不到的。

吴敬梓作为时代的叛逆，站在当时统治秩序的对立面，绝不仅表现在反对科举制度这一件事上。他对清王朝钳制知识分子思想的血腥的文字狱，也"婉而多讽"，但却是明白无误地表示了他的态度。康、雍、乾三朝的文网之苛密残忍以及株连之广，其淫威使得知识分子人人提心吊胆，噤若寒蝉。单以吴敬梓耳目所及的著名大案，粗举一下就有康熙五十年（1711）的戴名世案，雍正三年（1725）的汪景祺案，四年的钱名世案和查嗣庭案，六年发轫绵延至乾隆十三年（1748）的曾静、张熙案并由此引起的吕留良案等多起，真是大案三六九，小案年年有。其中戴名世《南山集》案，据金和的跋文，就是《儒林外史》所写的《高青邱集》事件所指。近人曾辩说金和的说法是错误的，并指实《高青邱集》事件应是吴敬梓友人刘著收藏顾祖禹《读史方舆纪要》被顾燦诬告为私藏禁书一案。其实，这两说都有道理，又都不完全。此事有费点笔墨加以申说的必要。

关于戴名世案，《清史稿》卷四八四《戴名世传》（《清实录》记载太繁，不具引）称：

> 先是门人尤云鹗刻名世所著《南山集》，集中有《与余生书》，称明季三王年号，又引及方孝标《滇黔纪闻》。当是时，文字禁网严，都御史赵申乔奏劾《南山集》语悖逆，遂逮下狱。孝标已前卒，而苞与之同宗，又序《南山集》，坐是，方氏族人及凡挂名集中者皆获罪，系狱两载。九卿复奏，名世、云鹗俱论死，亲族当连坐。……宥苞及其全宗。名世为文善叙事，又著有《孑遗录》，纪明末桐城兵变事，皆毁禁……

又同书卷二九，《方苞传》：

> （康熙）五十年，副都御史赵申乔劾编修戴名世所著

《南山集》《子遗录》有悖逆语，词连苞族祖孝标。名世与苞同乡，亦工为古文，苞为序其集，并逮下狱。五十三年，狱成，名世坐斩。孝标已前死，戍其子登峰等。苞及诸与是狱有干连者，皆免罪入旗。……世宗即位，赦苞及其族人归原籍。

至于顾燝诬告刘著收藏《读史方舆纪要》为私藏禁书一事，只是一宗小小的挟嫌诬陷案。事见程廷祚《青溪文集续编》卷三《纪〈方舆纪要〉始末》：

康熙中，无锡顾祖禹撰《方舆纪要》百二十卷，未有锓版，其子孙传写行于世。友人刘著得其书，奇爱之。……雍正戊申冬十一月，携书游金陵，馆廷祚家。金陵有顾燝者……素于友人处识著，见著所携书，心私觊得之，……乘著他出，潜入著寓，窃其书。初，顾氏书虽无锓版，然传写数十年，鬻于苏、常书肆，藏书之家，亦多有焉。燝皆不知，而以为此独著所有，希世之宝也。……被著力索，且丑诋，燝不得已还书，遂大仇恨，因督院中小胥以见总制范时绎，诬著交匪类，藏禁书。时绎……发兵围廷祚宅，取其书以去。……时绎见著书非禁书，无悖逆语。……会召去官，乃出书还著。燝密结胥役，为假牒，复取其书入院，……后复首刘著如与范时绎言者，部臣不敢匿，遂入奏。世宗皇帝察燝非善类，解燝南还，事下总制高其倬。燝与著构衅凡三年而燝遂入狱。总制命邑令处著公廨中，……待以客礼，……燝不待再讯，词已服……毙于狱，事乃已。……（著）客江南九载，而为燝困，前后七年，父死家破，几至刑戮，而卒丧其书，人皆怜之。

《儒林外史》第三十五回中山王府发兵包围庄征君花园捉拿卢信侯事，显然由抚院"发兵围廷祚宅，取其书以去"的事实脱胎而出。吴敬梓是程廷祚的稔交，同寓南京，肯定洞悉此事的详情。拿这件事做模特儿，自在情理之中。然而《读史方舆纪要》并非禁书，吴敬梓并非顾燝之流的妄人，岂有不知之理！纵使从事件的本身，也可以揭露当时统治者对这类案子的如临大敌，从而反映那时文网的苛严，但这事究竟只是一个妄人的诬告，意义并不深远。可是吴敬梓又明明在小说中再三坐实，

（卢信侯）道："……高青邱是被了祸的，文集人家是没有，只有京师一个人家收着，小弟走到京师，用重价买到手……"

> ……因卢信侯家藏《高青邱文集》。乃是禁书，被人告
> 发。……

乃是并非诬告的性质。须知这一更改并非是偶然的、任意为之的无心之举。小说中对《高青邱集》，除了三十五回以外，还提起过两次，一是第八回蘧公孙从逃官王惠处得到《高青邱集诗话》，蘧太守郑重说明"这本书多年藏之大内，……须是收藏好了，不可轻易被人看见！"一是第十三回、第十四回，蘧公孙还几乎因为藏这部书的一个枕箱而吃一场非同小可的官司。要而言之，《高青邱集》是作为一种惹祸的象征被作家写在小说中的。吴敬梓何以要对此反复致意，眷眷乃尔？金和跋语中说"高青邱即戴名世诗案中事"的说法，岂是无因的吗？

高启是以文字贾祸，被皇帝腰斩的；戴名世也是以"著述狂悖"被最高统治者处以极刑的。他们的命运相同，著作理所当然都是不准收藏的禁书。戴名世一案，不仅戴名世的全部亲族，刻书人尤云鹗的全部亲族，还有方苞的全族老少以及和以上诸人有瓜葛的亲戚师友，统统或处死，或监禁，或充军，或入旗。戴与方都是桐城人，是吴敬梓的同乡。这一株连如此之广的钦案，当时不仅安徽缇骑纵横，恐怖万状，而且震动全国，朝野股栗。结案之时为康熙五十二年（1713），吴敬梓是年虽只

十三岁，但据金榘的追记："我年三十尔十三，……见尔素衣入家塾，穿穴文史窥秘函。不随群儿作嬉戏，屏居一室如僧庵。"（《泰然斋诗集·次半园韵为敏轩三十初度同仲弟两铭作》）当时的吴敬梓，和他自己在《儒林外史》中所描写的十三四岁的王冕一样，是"心下也着实明白了"的少年了。面临着这一发生在乡邦的大案，其所受的震动之剧烈，印象之深刻，是不言而喻的。而上引《青溪文集》所记刘著案发生的时间，是雍正六年戊申（1728）。在此前后数年间的著名的文字狱，除了年羹尧的贺表案外，如上所述，"汪景祺以谤讪处斩"案发生于1725年，雍正钦赐"名教罪人"帽子的"钱名世投诗年羹尧"案发生于1726年，"查嗣庭以谤讪下狱"，次年"死于狱，戮其尸"案发生于1726—1727年。在刘著被诬告的同一年，又发生了曾静、张熙投书案这一后来涉及吕留良案而蔓延至南北四五个省的大狱。接二连三，层出不穷。雍正为了密访有不轨言行的人，加强思想钳制计，特于四年（1726）首先在浙江省设置观风整俗使；这一特务机构以后又推广到其他重要的省份。同时又制颁《大义觉迷录》这类钦定的思想轨范，在统治者的督责之下，告密之风盛行，民间以文字、藏书惹祸者滔滔天下皆是。知识分子不是吓死，就是箍死。在这样的背景之下，《儒林外史》一而再、再而三地提到《高青邱集》显然不是指并非禁书的《读史方舆纪要》。金和认为指的是《南山集》，就《南山集》案属于这一系列大规模的文字狱案中发生得较早，又且发生于吴敬梓的故乡安徽，因而对他是精神冲击最剧烈、印象最深刻的案子这点而言，毋宁是说对了的。在动辄就有斩首、戮尸、灭族之祸的残酷的文网下，吴敬梓只能用旁敲侧击的笔法泄露那恐怖时期的黑暗，用《高青邱集》来揭示一点文字狱的血腥现实，也一定是满腔悲愤而又怀着无可奈何的自哀感的。

然而，这一不得不有所节制的揭露，在他分明是充分意识的、目的明确的行为。《儒林外史》楔子中他就把这一点揭橥了出来：

> ……王冕指着天上的星，向秦老道："你看贯索犯文昌，一代文人有厄。"话犹未了，忽然起一阵怪风，刮的树木都飕飕的响，水面上的禽鸟格格惊起了许多，王冕同秦老吓的将衣袖蒙了脸……

贯索，据《史记·天官书》和《晋书·天文志》，就是天牢星。"贯索犯文昌"，正是文字狱的天文语言。这一文字狱的残酷，又是使人"吓的将衣袖蒙了脸"，惨不忍睹的。吴敬梓的笔锋所指，不是再清楚不过了吗？

戴名世、方苞是安徽人，为吴敬梓耳目之所接。《儒林外史》第三十九回，还涉及了另一个安徽闻人年羹尧。《平少保奏凯青枫城》的青枫城附近，有一座险峻的高山，叫椅儿山，据《清世宗实录》卷十九：

　　　　雍正二年，抚远大将军年羹尧奏报，庄浪之谢尔苏番人，首倡为恶，擅占桌子山……

　　椅儿山没有问题是桌子山的化名。关于当时桌子山一带的战事以及从征人员立功而反受谴的情形，《儒林外史》对萧云仙等人的命运的描写和《清实录》中的记载大致相符。远距数千里之外的西陲的战役详情，吴敬梓身非仕宦，无从由官方文书获悉，军情机密照例不见于邸报。这里又不能不与当时的另一文字狱汪景祺《西征随笔》案有关。《西征随笔》中便有"桌子山番人"的记述。由此可知，年羹尧之所以受到吴敬梓的无贬词的描叙，实在也和他与当时的文字狱相涉不无关系，年羹尧的贬谪处死，也是被当时最高统治者所忌害的结果。

　　问题还可以略作引申，这引申的结果，可以发现因为反感于残酷镇压知识分子的专制朝廷，以至吴敬梓不但寄同情于文字狱的受害者，并推广而至同情其他为专制朝廷所不容的人。

这里可举关于凤四老爹的描写为例。

凤四老爹以甘凤池为模特儿。甘凤池根本不是儒林中人，此人的武艺及其任侠的轶事，不少清人笔记中有十分离奇的记述，《儒林外史》所写的情节，也不外乎此。其中除了万中书一节以外，都与儒林无涉。然而甘凤池却正是受到雍正痛恨和迫害的人，清代官方文书及《清史稿》中曾多次提及。《清史稿》卷五百零五本传中称：

> 雍正中，浙江总督李卫捕治江宁顾云如邪术不轨案，株连数百十人，凤池亦被逮，谳拟大辟。世宗于此案从宽，未尽骈诛。或云凤池年八十余终于家。江湖间流传其轶事多荒诞，著其可信者。

官方文书如浙江总督李卫办理此案的奏折（见《雍正硃批谕旨》）中称：

> ……遵旨根究（上元县监生）于连，始据开出甘凤池、周昆来等十余人姓名，并供皆系其师张（顾）云如为之指引交结，……询其各犯行径，则称甘凤池炼气粗劲，武艺高强，各处闻名，声气颇广，……颇晓天文兵法。因其自

负本领，人人欲得以为将帅，无不与之交结往来。……（雍正七年十二月初二日）

又雍正八年正月十七日李卫奏折中称：

> ……各犯所藏书籍，多系练兵讲武要术，除有旧本传行者不论外，即搜出甘凤池随身密带之二本，将各省山川关隘险要形势，攻守机宜，备悉登记，并于身所到处，将方隅远近，逐一增注……

又同年二月初八日李卫奉旨缉拿曾静、吕留良一案人犯的奏折中，再次痛恨切齿地提到甘凤池：

> ……查此辈棍徒，造作讹言，往来煽惑，实可痛恨，断难容其漏网。臣细思江浙好事悖谬之人，莫过于现在拿获之甘凤池等各犯。……

照上引的资料看来，雍正这样一个阴鸷毒辣的暴君，对如此不服王化的不轨之徒，在"谳以大辟"之后，是不大会轻易置于"未尽骈诛"之列的；纵使放下屠刀，"于此案从宽"，也不大会放掉他。《清史稿》所记"年八十余终于家"一语，系据李桓《耆献类徵》卷四八一《甘凤池小传》的说法，连文句都一字不易。史稿撰人因声明"著其可信者"，而对此又不能尽信，故著"或云"以传疑。可以设想，甘凤池如果真的寿终于家，也不是由于雍正的宽大，而是别的缘故。总而言之，不论甘凤池的结果如何，在当时的统治者眼里，是一个危险分子。吴敬梓却偏偏对这样一个可恶的"棍徒"饶有兴趣，毫无贬词地写了他三回书。而且这三回书和《儒林外史》的整个基调很不统一，仿佛是强嵌进去的插曲，这情况是很值得玩味的。

从艺术构成来说，《儒林外史》中的郭孝子故事、萧云仙故事、汤镇台故事和凤四老爹故事，应该说都是小说的败笔；有人甚至怀疑它们是否出于吴敬梓的手笔。这种怀疑也并非无因。《儒林外史》的结构虽然很不同于一般的长篇小说，正如鲁迅所说："全书无主干，仅驱使各种人物，行列而来，事与其来俱起，亦与其去俱讫。"但起讫转递之间，情节纵使若断若续，似乎各成段落，但就小说所反映的生活方面以及体现在整部乐曲中的乐思来说，却有其内在的统一性，有前后一贯的意象。从主体说来，就是"机锋所指，尤在士林"。唯有郭孝子、萧云仙、汤镇台、凤四老爹这四部分，不论从人物、生活方面和事件的涵义来说，都逸出了儒林的范围，显得很不协调。因此，

第三十七回下半回起至四十四回上半回，以及第五十回至五十二回等凡十回书，都好像不是作家所再现的有组织的生活中的本然之物，对小说的形象整体起着一种离心的作用。这四个部分的生活内容，对于吴敬梓也是生疏的，大都取之于耳食，或借材于前人的记述，未能为他的艺术思维所融化，形象也显得生硬干瘪，确实是这一现实主义作品中的非现实主义因素。

然而，这是可以理解的。这种不协调是思想家的吴敬梓压倒了艺术家的吴敬梓的结果。以上四个部分，的确是思想家的吴敬梓所要求表达在他的作品中的东西。除了郭孝子故事、萧云仙故事、汤镇台故事是吴敬梓为了标举他的文行出处、礼乐兵农的思想，在此不拟讨论外，凤四老爹之作为一个特立独行的人物写入小说，分明是吴敬梓为了寄寓他不满当时的统治秩序的情愫才这样干的。朝廷官府视为坏蛋而痛加膺惩的人，吴敬梓却称他为义士。小说中描绘的凤四老爹的行为，第一桩就是他为假官员万中书弥补营救，而这个招摇撞骗的万中书，正是作家所讽刺的对象。其他如替一个自陷于风流骗局的小行商逼回欠款，为放高利贷的吝啬鬼陈正公索债，同秦二公子和胡八公子等纨绔子弟胡调，等等。这些人都是吴敬梓所挞伐的无聊人物，这些事也都是不值得称道的诗意阙如的现象。所以凤四老爹这个人物的出场，对阐明作家的理想看不出什么作用。

吴敬梓所以要把他写入小说的唯一理由，就是因为这个人物所影射的甘凤池，和统治势力处于对立地位，曾使王公大臣头痛，所以必须予以表彰一下而已。这并非悬空揣测之词，可以从吴敬梓在《儒林外史》第四十一回中对沈琼枝的评语中看出他的意向来：

> 盐商富贵奢华，多少士大夫见了就销魂夺魄；你一个弱女子，视如土芥，这就可敬的极了！

对于甘凤池，他的没有出口的潜台词，岂不就是：

> 官府严刑密网，多少士大夫见了就屈膝就范，你一个小百姓，视如土芥，这就可敬的极了！

吴敬梓的一生都在和世俗战斗，同时也正是在和自己，即和社会、时代、家庭、教养等外部势力铭刻在他身心上的习惯势力战斗。他同时代人所恪守的社会秩序对他是浑身感到不舒服的。他不屑和乡里庸夫争一日之短长而毁家移居，他放弃飞黄腾达的希望而辞避征辟。他的选择，他的行为，我们今天说来，只是轻轻松松的两句话；但在身历者吴敬梓的当时，却是日日夜夜的、艰辛的对外部势力和内心的搏斗。《儒林外史》是他战胜了时代和自己的记录。但是，在人生道路的紧要关头的战胜，并不意味他可以遗世独立。他鄙弃庸俗的通向名利场的道路，追求精神上的享受，良心的平安，不等于他可以从此摆脱世俗的包围，摆脱因要求改变那庸俗社会而无能为力的空虚感。他的时代向他暴露了弊害，但还没有条件向他揭示消除弊害的出路。吴敬梓的天才和高贵之处，正在于他比同时代人更清醒、更深刻地认出了社会向他昭示的弊害，并决心与之不妥协地对抗，然而他不可能拥有时代所没有提供给他的东西——改革弊害的方案。所以他提出的要求知识分子讲求文行出处，要求以礼乐兵农济世这些设想，对于他所践踏着的现实说来，只是一个乌托邦。程晋芳在《文木先生传》中说他"晚年亦治经，曰：'此人生立命处也'"。仔细研究一下，也是他的无望中的探索。虽然他曾有现在仅存吉光片羽的《诗说》之作，但可以肯定，治经也不是他的"立命之处"。和那些投身在经学和考据中的学者比较起来，吴敬梓是太缺乏犬儒气息了。或者更正确地说，他太爱人生，太不妥协了。他绝不甘愿逃出人生，钻入故纸。他憎恨的不仅仅是科举制度，不仅仅是科举制度所造成的知识分子被扭歪的灵魂以至全社会的庸俗气氛；要仅仅是那样，埋首于故纸堆倒确实是逃避的良策。问题在于，他已经察觉整个统治秩序是一种祸害；而他不是一个懦夫和投降者，于是他由不合作而采取敌对的态度。一旦道路选定，他就不计荣辱利害，矢志前行，为克服外部和自己精神上的习惯势力所加予他的种种压力偿付出长期的、沉重的代价。他斥责、鞭挞那些沉迷于科场中的人物，那些丑态百出的斗方名士，只因为他们是那可诅咒的社会秩序的顺民，社会秩序正靠他们来维持，正体现在他们身上。他清楚地认识他所讽刺的对象其实是社会制度的受害者，正是因为怜悯他们挣不脱那残害他们的罗网，这才对他们加以鞭挞。这鞭挞对于吴敬梓自己何尝不是苦恼的事！他何尝不正是在鞭挞人们的时候鞭挞着自己！在生活中，他仍不得不和他所鞭挞的那些儒林中人交游，并从他们之中选出较好的，或在某一方面较少被制度毒害的人，在小说中加以表扬，有时则承担着他们的痛苦。他站得比他的同时代人都高出一头。但在那个时代，他即使站得再高也仍看不见出路，那么，他的责任感和他所能做的，除了揭露那个制度的不合理，那个社会的乌烟瘴气之外，他更复何能为力呢？

是的，当他"一鞭一条痕，一掴一掌血"地抽打着他的时代、他的人物时，他也在抽打着自己的灵魂。他也是个中人，他身上也有时代感染给他的病菌，沾惹在他身上的尘污。他抛弃故土而又依恋旧家，他鄙视功名而又每起眷念之情。矛盾呀矛盾，无休止的矛盾！直到晚年，他还不免在世俗应酬中偶尔用他因儿子吴烺而得的"文林郎内阁中书"的衔名。正如人不能抓住自己的头发脱离大地一样，他是不能不为他的环境所染污的。他正是在狠狠地抽打时代也抽打着自己的时候克服了这些病菌，抖落了这些尘污，成了对时代和对他自己的战胜者的。

《儒林外史》的喜剧的悲剧性也正在此。

1981 年为纪念吴敬梓诞生二百八十周年作

何满子先生签名印章

论吴敬梓的平民情结

只要举出吴敬梓曾被征试博学鸿词一事，便可证明其学养之非凡，那是必须在千万人中挑一的特别出类拔萃的精英才有此机遇的。应该说，在自宋明以来的所有白话小说作家中，吴敬梓是传统文化素养最优厚的一人，绝对居于首位，无人能与之夺席。这样一位文人中的顶尖人物竟选择了创作白话小说作为生涯中的主要事业，就难怪被当时的士大夫所不解，所惋惜，要慨叹"吾为斯人悲，竟以稗说传"（程晋芳《怀人诗》）了。

在当时的文化学术领域中，文人学士在致力于考据、义理、辞章之外，业余以笔为戏，或以笔寄慨，写点谈片式的杂俎文字，如纪昀之作《阅微草堂笔记》、袁枚之作《新齐谐》，则如正餐之外的小点心，也算是文人雅趣；甚至如蒲松龄那样倾全力以古艳之文撰作文言小说，也还能为士流所首肯。但吴敬梓太出格了，竟然一本正经地大写其提供贩夫走卒阅读的通俗白话小说——金圣叹在其所批改的《水浒传序一》中，就曾说《水浒传》是他"取牧猪奴手中之一编"，可概见当时士大夫对白话小说的卑视。这种为正统文人不相与谋的"拗众"的作为，不能不令人注视吴敬梓所怀有的"平民情结"。以此为视点，可以一窥吴敬梓经营《儒林外史》所设计的意象结构，同时观照吴敬梓执行人生批判的心路历程。

《儒林外史》最精彩的部分是从周进、范进故事起到杜慎卿故事的前三十回文字，那真是笔酣墨畅一气呵成。情节的递嬗脉络分明，起伏有序；人物只须要言不烦的几笔勾勒，就出场一个活一个，不仅在中国小说中，即使在世界小说之林，能如此简练地刻画系列人物而抉其神髓的作品，殆属罕见。在他的笔下，不论是迂腐委琐的科场中人，昏聩颟顸的官场中人，还是趋炎附势的乡绅吏役和见风使舵的城乡细民，以及精神空虚的世家子弟和腹空气盛的野鸡名士，各色人等的神态和人际间辐射出来的世态都活灵活现，淋漓尽致，真是一幅封建末世的风俗画卷。鲁迅所谓"戚而能谐，婉而多讽""是后亦鲜有以公心讽世之作如《儒林外史》者"（《中国小说史略》），小说的前半部分可当之无愧。

从第三十一回杜少卿出场以后，虽然部分章节时有精警之处，如写五河县的势利颓风、王玉辉女儿的殉节故事等，仍保持其天才的闪光，但后二十多回的大部分人物和情节都显得矜夸、零碎、重复和杂沓，给人以拼凑感。特别是作者蓄意标举的理想人物如杜少卿、虞博士、萧云仙等，都辞浮于实，相当概念化，按主体的意图而不是提炼于真实人生，成了真正的"理想"人物。情节如祭泰伯祠，郭孝子的奇迹，萧云仙的兵农实践，都是为了敷衍作者讲求文行出处、礼乐兵农振世的意图，而非出自现实感受中所生发的灵感，从审美上说是非艺术的虚构。如凤四老爹的故事，则是离题旁骛地意在表述另一种人生意象的世态，对小说的整体只会起离心作用。这些都使后半部不能如前三十回的密致有序而神完气足。

前半部，吴敬梓被他阅透了现实所驱使，是一吐为快之作。那是一个政制乖乱、士风隳堕、道德陵夷、传统文化面临危机的世界。面对这样的现实，有远见卓识的先觉者吴敬梓只能揭露、讽刺和批判，将病象昭示世人，使人"读竟乃觉日用酬酢之间，无往而非《儒林外史》"（卧闲草堂本评语）。正如鲁迅所说"讽刺的灵魂是真实"，吴敬梓从现实中攫取来锻炼成艺术形象的是活生生的真实，于是这个病态社会的描绘便有美学的说服力。

但是，历史没有给那个时代提供救治这个颓败了的社会的方法，哪怕是先觉者吴敬梓也只能诊断病状而无法开出药方。

今天的读者不能责怪吴敬梓——他虽然比同时代人站得更高，但毕竟也是由这块土壤中的文化传统孕育出来的，他只能从传统文化中去觅取救治之道，从士流的讲求文行出处，治政者的致力于礼乐兵农找到挽救颓废、振拔文明的希望。后半部的荏弱，理想人物的不合审美比例的矜夸，很吃力地写下来的祭泰伯祠的场面的程式化和显然陷于虚应故事，郭孝子故事的荒诞性，萧云仙故事的有气无力，凡此种种，都表明了作者自己也对他预设的救世实践的缺乏把握、不可恃和不踏实。鲁迅在"彷徨"时期曾有一句名言："绝望之为虚妄，正与希望相同。"吴敬梓的心态可于此语中理解其仿佛。

这个颓败了的社会看不到生路，吴敬梓愈写愈觉得依仗社会主流势力的上层人物是无望的。小说曲终奏雅，将维持世运和文运的希望寄托于四个市井奇人，虽然此举也是象征性的希冀，但这个结局却透露出了贯穿于小说中的吴敬梓的平民情结。

前人早已指出，《儒林外史》"以功名富贵为一篇之骨……以辞却功名富贵，品地最上一层为中流砥柱"（闲斋老人序）。与功名富贵不相干的便是平民，是吴敬梓甘与为伍的群体。小说第一回所标举的模楷人物王冕，就是不肯做官甘当平民的人物。《儒林外史》哪怕对病态社会中灵魂扭曲的各色人物作了如此辛辣的讽刺，但仍对善良的市井小民寄以爱心，无一贬词地表彰他们的德行。如对变坏以前的乡村小知识分子匡超人的谨厚，牛浦郎故事中的牛老与卜老这两个老人在贫困中相互呴濡的至性，执"贱业"的优伶鲍文卿对落魄的倪霜峰的患难相助，都收敛了他讽刺的笔锋。特别倾注了激情的，鄙见以为全书最动人的段落是鲍文卿和向鼎间消除了贵贱界限的平等交往的故事，非常鲜明地显豁出吴敬梓的平民情结，视社会地位为无物的尊重人格平等的人文主义精神。

论者都说小说中杜少卿是吴敬梓的自画像，从杜少卿破家迁居南京等系列情节看，当非臆测。但吴敬梓所向往，情操上最契合，也即是最能代表他的价值观，堪作精神上的自况人物则是向鼎。杜少卿只是形迹上的自况，大概因为有某种思想障碍而使其形象显得矜夸和造作；而向鼎，则由于情志上的契合无间，激情奔诣，不经意间将自己的灵魂注入了人物，成了精神上的自况。

小说中向鼎说的话，就是吴敬梓感受现实的愤慨：

> 而今的人，可谓江河日下。这些中进士、做翰林的，和他说到传道穷经，他便说迂而无当；和他说到通今博古，他便说杂而不精。究竟事君交友的所在，全然看不得。不如我这鲍朋友，他虽生意是贱业，倒颇多君子之行。

这个世界的颓败已不堪卒睹，衣冠中人更已无可救药。唯一的些微生机只能求之于下层平民，这便是吴敬梓的判断。只有在善良的平民中间，还可以见到若干亮色，小说以四个市井奇人结篇，绝非一时的灵感，而是吴敬梓脑中的宿撰，忠于他的平民情结。

也是这一平民情结，促使吴敬梓致力于写供给平民阅读的白话小说。当然，吴敬梓如此无情地抨击科举制度，对衣冠中人如此不敬，如果以议论形式表述这些不轨的意见，在康雍乾三朝文网严密的当时是危险的，通俗小说多少还是文禁的薄弱环节。于是，他不惜"竟以稗说传"了。

吴敬梓逝世二百五十周年作

（原载《东南大学学报·哲学社会科学版》2004年第5期）

重读《儒林外史》

《儒林外史》作者吴敬梓的友人程晋芳在《文木先生传》中说："先生晚年亦好治经，曰：'此人生立命处也。'"程晋芳在乾隆年间当过《四库全书》馆的纂修官，也算是当时一个小有名的学者，著过一本《诸经问答》。吴敬梓对他说"治经"是"人生立命处"，这句话是否带有迎合他的"公关"意味，不好断言。但也许更应理解作是一句反讽，一句愤词。其意若曰：除了治经，如今读书人就没有活路了。

须知那时的治经，就是搞考据。清朝的皇帝在康熙时还有"三藩之乱"什么的，汉民还不很驯服，还来不及大整知识分子，但也已兴起了株连甚广的戴名世"《南山集》案"等大狱；到了雍正、乾隆时期，则文字狱之频而且酷，可谓旷古未闻。刑戮之外，挑起知识分子内斗、自辱、告密之类的手段也已做绝。当时的读书人屏息敛足，哪里还敢以一字涉及时政？

连王朝明令提倡的程朱道学，也只许信奉而不许人阐述，乾隆就最憎恶道学家，辱轹尹嘉诠之流便是明证。人不能白活着，装死躺下也是罪名，没奈何只得搞考据，即"治经"。只有钻到故纸堆里才有点保险系数，才安全，才有"人生立命处"。

于是有了经学、小学的大发达，于是有了乾嘉学派。当然，坏事也能若干地变为好事，考据家小学家"明六经之音，复三代之旧"的名义十分堂皇，统治者无法加罪。于是，用古字又定经旨，用经旨以断圣人原意，就使得王朝奉为"国教"的程朱之学的许多教条失去倚靠，成了"厚诬圣人"的胡言乱语。考据大师们常说："明道在于读经，读经始于识字，字尚不识，谈何讲经明道？"这样，王朝借以钳辖人心之程朱道学就漏洞百出，成了破烂货。这或许是治经学的学者们并未意识到的客观自生的冲击效果，当然也有的是自觉努力，如戴震的《孟子字义疏证》，就分明有反程朱道学的目的。这是为了钳辖思想，驱赶读书人钻故纸堆的皇帝们万万想不到的后果。

这一搬起石头砸自己脚的历史喜剧毕竟也只是歪打正着的一点副产品。文字狱和别的一些震慑手段确实整得知识分子服服帖帖，只剩一片歌功颂德声，皇帝们的耳根究竟是十分清净的。

写《儒林外史》的文木老人肯定不是精神上的标准顺民。要说治经，他的确写过《诗说》七卷，久被湮没之后，2000 年才在上海图书馆发现了佚稿。但程晋芳说他"晚年"方治经，恐也不确。《儒林外史》第三十四回，就写了以本人自况的杜少卿解《诗经》的情节。其时正是吴敬梓托病辞却博学鸿词的征试之后，尚在盛年。他也真是不同意朱熹《诗集传》之说的。反八股反理学是吴敬梓表现在小说中的一贯立场，当时的读书人也无论如何离不开要讲讲经书，但吴敬梓的主要精力，肯定不是花在这上面。

那时天幸还没有发明"写小说是反什么"的高见，知识分子在这上面还有用武之地，于是有了公心讽世、诊断出了时代痼疾的《儒林外史》，一部抨击现实的不朽巨著。

但那时毕竟又是文网严密的世界，要把抨击对象直指清朝是不可能的。小说于是把时代移到明朝。作者和读者都清楚，这是一点小小的烟幕，谁都懂得矛头所指是清代的现实。

这层烟幕之所以不过是烟幕，作家在小说形象中所指的现实依然直接不隔，是因为明清两朝的社会制度和生活方式没有多大两样，一点没有指桑骂槐的痕迹。试想，如果写六朝或秦汉生活的故事，情况就大不相同，社会情况前后的差异太大，那样来贯彻批判目的，人们就一看而知是借古讽今了。

清朝的皇帝和官员们看来终究还是呆鸟，只知道查禁"诲淫诲盗"的小说，对那些有点反清意识的"悖逆"文字大兴文字狱，而不懂像《儒林外史》这样揭露现实、否定当时的统治秩序的小说，对他们说来，其"败风俗、坏人心"的潜力要深远得多。

看来，历来的统治者哪怕文网布得再密，镇压知识分子再凶，深文周纳得再苛严，注意力也只贯注在直接违反当局的意旨和批判时政的言论上。这方面必须舆论一律，严防不驯，稍有干犯，便动辄得咎。正是这样的环境，读书人才被赶鸭子似的，赶到古书里找避风港。乾嘉学风昌明之余，带来了万马齐喑的局面。

风声一紧，知识分子就火烛小心，讳谈现实。专找古人、古事、古话题来消遣，也就成了遗传病似的行为心理定式。以致从一时应世的文字中，就可以大致判断出当时的政治文化气候来。当年黎烈文编《申报·自由谈》，之所以要"吁请海内文豪，从兹多谈风月"，就是怕谈现实犯忌而得咎。但谈风月也不保险，鲁迅说"月黑杀人夜，风高放火天"，也是风月，可是就有"诲盗"之嫌，远不如谈诸葛亮借东风或张君瑞追求崔莺莺之安全。不对，《西厢记》故事也有"诲淫"之嫌；好在如今性开放已大大超过唐朝，来点男欢女爱的风流故事也未始不能活跃文化市场，点缀升平。

现代人除了遁入古人古事外，还有一个逋逃薮，就是拿异域作话题。正如一个政治笑话所说的：一个美国记者对他的中国朋友说，他们美国很民主，言论绝对自由，他可以在大街上大声责骂布什总统；中国朋友说，这有什么稀奇，我们这里也很自由，我也敢在大街大骂布什总统。是呀，说外国的事再凶也不犯忌。

吴敬梓的时代没有外国话题，那时英吉利夷王派玛戛尼来要求清王朝通商的事也还未发生，倭寇侵我海疆则又早已过去，吴敬梓的视野里没有外国。要有，也只有从利玛窦的《万国全书》或艾儒略的《职方外纪》这类书里知道点域外信息，新奇而毫无实感。吴敬梓要动写外国的脑筋，也就只有像晚些时的李汝珍那样，虚构些君子国、女儿国之类的故事，虽说也能讽世，但要指摘时弊，究竟隔了一大层。吴敬梓毕竟不像李汝珍那样以作游戏文章来炫耀他那点音韵之学——鲁迅把李汝珍的《镜花缘》归为"以小说见才学者"。李汝珍倒正是把治经钻小学视为"人生立命处"的。

从来中国知识分子如不醉心于功名利禄而是别有追求的话，那追求的便是立言。看来康雍乾之世，要立言也只有竞奔治经这条不干犯禁忌的"人生立命"之路。从吴敬梓曾写过《诗说》言，他似乎也曾考虑过走这条路，但他终于只将治经当作文人清谈时的余兴，如他在《儒林外史》所写的杜少卿和迟衡山等人的谈《诗》，只是闲聊的材料。又如第三十五回《庄征君辞爵还家》中所记："闲着无事，又斟酌一樽酒，把杜少卿做的《诗说》，叫娘子坐在傍边，念与她听，念到有趣处，吃一大杯，彼此大笑。""治经"只是下酒取乐的行当。

治经远不是吴敬梓"人生立命"之所，只是吴敬梓生涯这部大书中的一点小小的情节。由此可知他对程晋芳所说的"治经"是"人生立命处"并非他的心声；"竟以稗说传"（程晋芳《怀人诗》），《儒林外史》倒成为他费力经营和一心向往的事业。

这段时期里中国有三位杰出人物将小说当作和世界、历史对话的事业。稍早是《聊斋志异》的作者蒲松龄，主要因功名偃蹇而嫉俗讽世，假狐鬼刻画人情，侧重于人性的伦理的讥弹。稍晚的是败落的大家子弟曹雪芹，因感怀身世而参透世情，于人事兴废中呈示各色人等的性格，诉述那个时代的社会宿命性悲剧。吴敬梓则既无意于功名利禄，也无甚深的身世感怀——有一点，不多，他的超脱的性格和见识，根本不会为这点家庭兴衰所困扰。吴敬梓确如鲁迅所评的"公心讽世"，从儒林中人

　　　　　　　　　　　　　《儒林外史》简说

的颓败和城乡社会的荒诞中察觉了中国传统文化的危机。这是个大无可奈何的现实，他看不出救世之道，他所悬拟的疗治之道只能向往于更古老的亦即这个早已千疮百孔的文化的源头，去祭象征性的吴泰伯祠。吴敬梓只能从现实的颓败察觉传统文化的危机，这就非常了不起了，时代没有提供整治和挽救危机的认识条件。从他以后的二百年间，龚自珍、严复、梁启超、孙中山、陈独秀、鲁迅……才一步步地艰辛地寻求到救治之道，吴敬梓是真切地洞察了文明危机的先驱。读《儒林外史》如果读不出这一宏愿，便是辜负了吴敬梓的苦心。

以传统文化学养的丰厚言，吴敬梓是宋明以来白话小说作家中的第一人。与一时相后先而在艺术成就上能比拟的作家言，蒲松龄是由于功名蹭蹬不胜牢愁而以狐鬼讽喻世情；曹雪芹是因身世的沧桑感而慨叹现实诘问人生；创作动机和关注现实人生的视界都不及吴敬梓的恢宏。不妨说，自"唐人有意为小说"（鲁迅语）以来，写小说的目的是"为人生""为改良人生"的自我意识，从没有人达到吴敬梓那样高的清醒度。从这点说，吴敬梓又是"五四"新文学运动的先声。想一想当时的环境，即吴敬梓在《儒林外史》中所勾勒的周进范进们、鲁翰林和娄公子们、匡超人和牛浦郎们等等活动着的社会里，吴敬梓这样的特立独行、高瞻远瞩、公心讽世，给以怎么高的评价也不为过。

以儒林人物即知识分子群体为舞台中心人物的小说，中国只有这样一部，吴敬梓是写他自己和自己一伙。这个意义上，《儒林外史》是反思文学，自身的反思、时代的反思、历史的反思，而聚光于文化的反思。因为知识分子毕竟是活动着的文化的表征，一切社会的病症都会在这一蠕动的人群身上表现出来；从而，真所谓牵起葫芦根也动，这个衰败了的充满危机的文化底蕴也就在人们的蠕动中曝光。

鲁迅说，自《儒林外史》出，"于是说部中乃始有足称讽刺之书"，而且"是后亦鲜有"（《中国小说史略》）。一部反思小说而采取讽刺作基调，可知作者心情之悲苦：吴敬梓将鞭子抽打儒林人物时，也抽打着自身，故而是"写入残编总断肠"的。吴敬梓打破传统小说例行的有效结构，不搞少许主角为中心的戏剧情节集中的模式，不应只视为艺术创新的尝试，而是，为了有利于实现其社会批判、人生批判、文化批判的目的。吴敬梓无意于写小说，他之所以把《儒林外史》写成和传统小说格式迥异的模样，与其是为了在艺术上独树一帜，毋宁更为了真实不隔地借形象化的生活抒感，随主体的感兴讽刺人生，倾诉他对传统文化危机的察知，以及自身对这一颓败了现实的无可奈何。

这就是貌似讽刺平常生活的小说的深度，这也就是鲁迅慨叹"伟大也要有人懂"的原因所在。

2001 年吴敬梓诞生三百年

2003 年 5 月修改

（原载《南京师范大学文学院学报》2003 年第 3 期）

何满子先生珍藏印章

风俗史和心灵史是靠人物塑造完成的

——上海文艺出版社版《儒林外史》序

优秀的小说必定是社会风俗史同时又是心灵史。如果小说的烛照力达到了形成当时社会风俗的底蕴，它的洞察力穿透了人物活动的内心隐秘，剥出了铸造人性的社会机制时，它就不仅是当时社会风俗的写真，当时各色人等的心灵活动的真实图景，也就具有了历时性；即将往古来今的社会风俗和心灵活动都在一定程度上包含在作家的艺术思维之内了。这样的小说就成了生命力永不衰歇的杰作。这样的小说在文学史上是不多的，在中国小说史上，《儒林外史》无疑是这类屈指可数的杰作中的一种。

《儒林外史》写的是十八世纪的风俗，在当时，它对社会风俗的涵盖面，正如卧闲草堂本的评语所说"读竟乃觉日用酬酢之间，无往而非《儒林外史》"。时间逝去了两百多年，社会情况当然千差万异，今非昔比，但如略其形迹，存其神理，我们不是在"日用酬酢"即人际关系之中，也常常有"无往而非《儒林外史》"之感吗？《儒林外史》刻画的是十八世纪各色人等的心态，在今天的物质和精神条件所熔铸下的人的性格，当然和那时无法相比，但《儒林外史》中的人物，周进、范进、马二先生、匡超人……等等的灵魂，不是常常改头换面地出现在我们的面前吗？这正如鲁迅所说，"是所谓人生有限，而艺术却较为永久的话罢"（《〈出关〉的"关"》）。

艺术如何能达到"永久"，道理说起来很复杂，但要说得简单点，其根本之处无妨用恩格斯多次说过的一句话："现实主义要求作家对社会关系的深刻理解。"恩格斯所说的"现实主义"，其实是指文学全体。把这句话再说得明白点，就是作家要深通世故人情，以及这些世故人情由以发生的背景。这样，作家将人生现象通过美学转化铸造成小说形象时，就赋予了小说人物以特定社会关系下的社会角色的身份和性状。从而，小说中的人物不但活动在小说家所创造的独立自足的艺术王国里，也实实在在存活于广袤的人生中。于是，经过选择而写进小说中的有限的社会角色，以其丰富的艺术概括辐射出了广大的人生，呈现或暗示出了有深远意义的人生问题；倘若这些人生问题是一代一代人都必须思考的，而且这些问题从浅层到深层都值得人进行耐久的思索的话，小说的魅力就历时而不会枯竭，它就是永久的。

因此，说到底，小说的成败优劣，就在于是否写出了蕴含着丰富的社会关系真际的真实的人物，以及人物活动所呈示的社会风俗中带出来的人生问题的性质。不言而喻，这些都必须得到相应的美学手段的保证。这里，首先是人，写不出人就没有其他的一切。

《儒林外史》正是靠人物的真实生动占据了第一流小说的席位的。它没有奇异曲折的情节，连贯穿首尾让作者关注人物命运而恋恋不舍的统一的故事都没有；它没有撩动人心、通常最能抓住读者的爱情纠纷；它没有剧烈的让人心惊肉跳的生与死的搏斗；更没有诡异的超人间的幻想。和别的古典小说比起来，它的情节平淡极了；它的故事的可叙述性也极低，只要看中国其他几部小说杰作如《三国演义》《水浒传》《西游记》《红楼梦》等，它们的故事都可以搬上舞台，而《儒林外史》却没有这一点，就可以证明它是多么缺乏表面效果上的戏剧性。但是，只要不是一味追求表面热闹，单纯沉迷于感官刺激的读者，都不能不承认《儒林外史》特有的美学感染力。《儒林外史》顽强地证明了人物是叙事文学的首要因素，是小说成败的根本之所在。

小说是心灵史，因此《儒林外史》刻画人物致力于勾勒人物的灵魂而不苛细地描画形貌。事实上，当人物的性格被抓住，其灵魂被揭露，人物的肖像也就和盘毕现或可以推见了。《儒林外史》中的主要人物，不论熬了大半辈子才侥幸取得功名富贵的周进和范进，环绕着周、范二人而炎凉陡变的势利之徒梅秀才和胡屠户，武断乡曲的严贡生和委屈守财的严监生，迂执而不乏豪爽的马二先生，开头谨愿而得志变节的匡超人，钻营于仕途的圆滑贪利的王惠，无能进取而附庸风雅的蘧公孙和两位娄公子，清客型的江湖骗子权勿用、牛玉圃……等各色人物，无一不是"烛幽索隐，物无遁形"，"皆现身纸上，声态并作，使彼世相，如在目前"（鲁迅《中国小说史略》）的。何以能如此？就是因为作家以洞察生活底细的眼光抓住了人物的性格，将其最富有特征性的言谈举动捕捉到了他的笔下。于是，不仅人物在读者的面前活跃起来，人物的内心隐私也全部曝了光。作者无须叙述人物的历史，在刻画人物的特征性的片刻，他已将人物的本质连同他们以往的经历一起摄取在他的形象之中了。《儒林外史》中所刻画的那些人物，那些伪道学、假风雅、冒险家、吹牛匠、马屁精、骗子们正在得意扬扬、忘其所以的时候，就已被作家的灵手逮住，再也逃遁不脱，他们的心肝脾肺从此就昭示于人间。书中的人物形象也为他们所处的社会性格提供了生动的标本，小说于是成为真实的心灵史。

小说作为心灵史的涵义当然不限于此，但记录一个时代的人的精神状貌无疑是心灵史的一个重要方面和主要支柱。《儒林外史》在这方面是做得很到家的。

小说是社会风俗史，因此它触及的社会面愈广，就愈能反映社会风俗的广泛层面。《儒林外史》的镜头摄取面之广，在中国古代小说中也是无与伦比的。从乡村小景到城市风情，从考场活动到文士宴集，从官场周旋到细民活动，从帮闲清客的跳跟到江湖骗子的蠢动，社会各阶层的色相无所不有。论行业包括书肆、盐商、优伶、皂隶、妓院、佛寺、道观……几乎凡有饮水处都被《儒林外史》干预过。别的小说或许也涉及众多的生活场面，涉及各种社会层次和各种行业的镜头，但未必能在各种场面和镜头中塑造出生态毕肖的人物，有如《儒林外史》那样以具有特征性的人物带出各种行业、各个层面的风俗真相。这除了作家的艺术手腕的高下之外，还因为《儒林外史》的独出心裁的小说的艺术构架——与作家的美学方法相联系的作家表现并评价生活的艺术取向的特创性。

这里触及了《儒林外史》在中国小说史上的开创性和超时性。

中国最早的符合现代小说概念的作品是唐人传奇。"传奇"

一词，足以概括《儒林外史》以前所有中国小说的性质。不但张扬神怪，描写超人间故事的神魔小说具有显然的"奇"的性质，其他小说也大抵描摹平常生活中的罕见现象，带有和日常生活疏离的"奇"的倾向。比如历史小说，所描写的是超于常人的英雄人物；即以明代描写市民生活的小说言，也仍然强调奇人奇事，有所谓"无巧不成书"之说。"巧"是另一意义上的"奇"。因此，说古代小说都是"传奇"型的作品也未始不可。不但中国，西方十八世纪以前的小说也大抵如此。与《儒林外史》同一时期而稍后出现的《红楼梦》是伟大的小说，但它并没有蜕尽"传奇"的外壳。不仅因为有茫茫大士、渺渺真人、空空道人等超现实的人物，大观园还有一个相对应的太虚幻境在；就是小说本身也汇集着许多奇人奇事，主角贾宝玉就是衔玉而生的奇人。作者曹雪芹本人就不排除他的作品的传奇性质，第一回偈语就有"倩谁记去作奇传"的自白。

所有这些小说，都有一个集中的首尾贯穿的故事，情节是循着故事的趣味线发生发展而完成的。所描写的一切生活场面都必环绕着、围护着这个故事中心。铺陈各个生活面时，受到故事中心的制约，陪衬要服从统一，宾可喧但不能夺主。这就势必造成作家不能将力量分散到小说所收罗的众多的人生现象的场面中去，只能竭其精力集中地刻画小说中的主角，哪怕有众多的主角。但在《儒林外史》中，谁也不能说哪一个人物是主角，你不能断定周进比范进更重要，或匡超人比马二先生更重要，或举出某个人物在书中是压倒性的存在。这因为《儒林外史》打破了一个首尾贯穿的故事的格局，使情节成了"驱使各种人物，行列而来，事与其来俱起，亦与其去俱讫"（鲁迅）的仿佛西方现代派"生活流"似的艺术架构。这个艺术架构的目的，显然是要将艺术视野扩展得更广阔，更能呈示和人们的日常见闻十分密迩的人生现象。于是，《儒林外史》才真正地和古代小说的"传奇"的路数分道扬镳。它很像是作家牵引着读者的手，带领你走过流淌着的生活的河流，边看边指点你注意某些有意义的现象，指示你哪些现象里面包含着值得关注的人生问题。这是中国古代小说中前所未有的创新；在现代小说中，在世界范围，这样的小说艺术方法也还是新鲜的。

别的小说在很大程度上依赖故事情节吸引读者，小说以故事情节动人，以人物的命运作悬念吸引读者恋恋不舍地要求下文做出解答，这通常是小说家的惯技，不能算是诟病。但某一部小说如果只靠情节维持读者的兴趣，除了故事情节以外，不再有过多的东西给读者留下，即是说，故事中并不蕴含有意义的人生问题，发现人生并诱使读者思考人生，那么那小说就成了"情节戏"，是美学品位低劣的小说了。《儒林外史》完全摆脱了"情节戏"的窠臼，完全不靠情节招揽读者，只以人物的成功塑造征服读者。它还不是仅只成功地塑造了一两个主角；它没有严格意义上的主角，所有出场的人物，不论是占了较多篇幅的，或是三言两语就打发了的人物，几乎没有一个不是浮现在读者眼前并给读者留下明晰印象的。读者会欣然觉得这些人物都是似曾相识的熟人，这些人物担当着一定的社会角色出现在作者所构建的独立自足的艺术王国里，同时又这里那里出现在现实人生之中。

　　和小说所呈示的是流动的生活相应，《儒林外史》中的人物也是流动的、发展着的，人物的性格既前后统一而又随着流动着的环境变化着。易言之，人物性格是发展着的性格，不是一次完成的。周进、范进们在困厄生涯中和登科显达以后截然不同，他们的不同又激射出梅玖和胡屠户等人的前后大变；匡超人在作为谨愿的乡村小知识分子时和混入文场、官场以后简直变了一个人；牛浦郎由一个懵懂的小店伙计变成江湖骗子也前后大异其趣……各个人物都在生活之流中改变着自己的光和色，而这些变化都是合乎生活逻辑的、合理的。这种人物性格的非一次性完成的艺术表现方法不用说更合于生活本身的规律，却是其他小说所未曾尝试过的。以同样伟大的小说《红楼梦》来说，绝大多数人物性格都是一出场就定型了的，以后的描绘只是给人物性格加上丰富的色层，使之更饱满生动而已。《儒林外史》在人物塑造上确有它的绝招。

《儒林外史》中的人物，个个都是作家在人生中精选出来的。这和作家吴敬梓的生活经历，他的品性、学养、人生态度密切相关，更与他"秉持公心，指摘时弊"（鲁迅）的创作目的不可分。"风格即人"，这话一点不假。

吴敬梓（1701—1754）字敏轩，号粒民；中岁寄寓南京，故自号秦淮寓客，晚年因居室名文木山房，又自号文木老人。安徽全椒人。自曾祖起，家门鼎盛，数代之间，中进士第者凡六人，其中有中探花（一甲第三名）的曾祖吴国对和中榜眼（一甲第二名）的叔祖吴昺。亲祖父吴旦做过州同知，早卒。父亲吴霖起是拔贡，曾任江苏赣榆县教谕（一说他生父为吴雯延，过继他给吴霖起为嗣）。从父辈起，家道虽已开始衰落，但这样一个簪缨世家的名门，仍是家资丰厚，声势显赫的。吴敬梓幼年起受过很好的教育，十八岁考取秀才。二十三岁父死，近族乘机侵夺他的家产。在这场财产纠纷中他认清了封建道德的虚伪，体认出炎凉的世态和社会的不合理，这位缙绅子弟从此就逐渐走上了背弃本阶级的道路。他鄙弃科举制度，嫌恶八股时文，不愿循当时读书人的常轨求仕进，在肆意施舍和尽情挥霍了家产之后，于三十三岁时移居南京。此后虽经安徽巡抚赵国麟荐举应博学鸿词科的廷试，也托病不赴，甘愿安贫乐道，卖文为生，一直到客死于扬州。他除了生前曾刻印过诗文集《文木山房集》（原有十二卷，刻本仅存四卷）外，还有大量经、史和其他学术方面的著作，可惜除了零星的遗文被近人发现以外，其余均已佚失，只有《儒林外史》是他的不朽的丰碑。

吴敬梓以其气质和学养来说，是一个学者和思想家，而且是宋元以来白话小说作家中学术造诣最高的思想家，也是古来小说家中带着明确的批判人生的目的从事小说创作的第一人。由于他的出身，他和上层社会有广多的接触；他涉足于文场，洞察各种文士的活动和心态；他经历过豪富和贫困的生活，与市井和农村的各色人等有频繁的交往。因此他熟透了生活的各个方面，熟透了浮游在各个方面生活中的上下层人物，从表层直透底蕴。他既带着目的性的清醒自觉批判社会，又具有思想家的辨析人生的慧力，加上他捕捉对象随物赋形的艺术才能，遂能使"凡官师、儒者、名士、山人，间亦有市井细民皆现身纸上"（鲁迅）；使小说既成为真正的风俗史和心灵史，又是不合理的社会的判决书。由于他辛辣的讽刺穿透到人心深处，以至今天仍对社会、对人生还有烛照力，小说的艺术生命力在此。

吴敬梓鞭挞了荒谬的科举制度，混浊颟顸的官场，丑态百出的斗方名士，武断乡曲的劣绅土豪，以及奔营扰攘于各自的天地里的可笑人物。这个世界是荒唐的，作家的心是孤独而又充满着怜悯的。但他并不绝望，纵使他所提倡的以文、行、出、处的高尚要求来感化士大夫，以礼、乐、兵、农来改革社会的理想是空幻的，但他毕竟标举了一些善良人物，为这个灰暗的世界抹上一派亮色，为这个冷漠的世界输入一股暖流。马二先生前后对窘境中的蘧公孙和匡超人的古道热肠的援救；甘露寺老僧对旅居无依的牛布衣的慰藉和对他的丧事的料理；牛浦郎祖父牛老的邻居，即后来结为亲家的卜老的笃厚情谊；鲍文卿对落魄的倪霜峰的照顾和对倪廷玺的收养抚育，等等。当描绘这些颠沛于生活道路之上的人们善良、朴实而诚挚的关系时，以讽刺艺术见长的吴敬梓便收起了他辛辣的诛伐，以朴素无华的白描投以仁爱的表扬和深切的同情，特别写得出色的是向鼎和鲍文卿的生死不渝的交谊，这一对逾越了封建社会森严的等级限制，彼此以道义和人格力量倾心相与的风尘知己，被吴敬梓充溢激情的笔绘染得光彩逼人，比小说中大量一针见血地揭穿卑污人物的讽刺更令人心惊魄动。显示了吴敬梓不仅是无情的社会批判家，更是深情地爱护善良、拥抱社会的志士仁人。

　　许多批评家都说《儒林外史》是以喜剧方法创造的悲剧。

本来，任何真正意义上的喜剧都是与悲剧为邻的，或如别林斯基所说的是"饱含眼泪的笑"。鲁迅说过，"创作总根于爱"。用炽烈的讽刺的火焰燃毁一切丑恶事物的吴敬梓，在他的讽刺的火光里也正照射出了和他对丑恶之憎恨程度相等的对善良事物的热爱。恨得有多深，爱得也有多深，否则是不会有《儒林外史》这样的杰作的。

毋庸讳言，《儒林外史》对中国社会的影响，不及《三国演义》《水浒传》《西游记》和与它同时期出现的《红楼梦》等名著之大而普遍。这有多方面的原因，原因之一是，《儒林外史》比较难读。不是说它的文字深奥或别的理解上的障碍，而是它要求读它的人有理解中国社会、理解人生的较高水平。只能享受小说的故事情节的表面乐趣的人自然不会钟爱它，不能从《儒林外史》的喜剧表现的外壳下去把握作家的悲苦、作家的孤独和作家深挚的爱的人，也较难使自己和《儒林外史》互相投入。所以鲁迅慨叹："《儒林外史》作者的手段何尝在罗贯中（按，也可以加上其他各部名著的作者）下，然而留学生漫天塞地以来，这部书就好像不永久，也不伟大了。伟大也要有人懂。"（《叶紫作〈丰收〉序》）

鲁迅说，自有《儒林外史》，中国小说中才有足以称为讽刺小说的作品，即它是空前的。我认为，自有《儒林外史》以来，直至"五四"新文学运动之后，迄今中国出现的讽刺小说，也还没有超过《儒林外史》的，但我希望它不是绝后之作才好。

1993 年 11 月

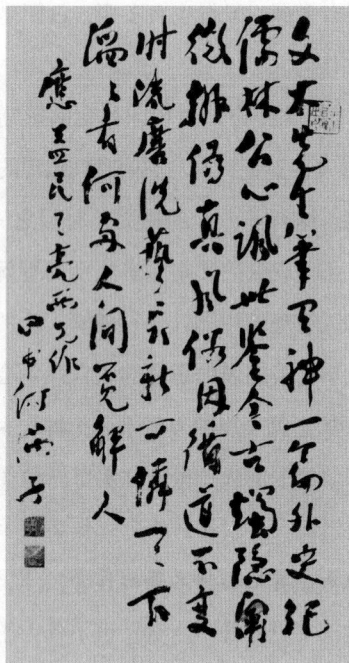

何满子先生应邀为《儒林外史与中国士文化》所作七言律诗手迹

胡益民、周月亮《儒林外史与中国士文化》序

　　已故的吴组缃先生谈小说常常出语惊人，好些兀突精彩的意见可惜没有形之于文字。记得 1980 年秋，我有一次在他北大寓处同他谈起《儒林外史》，他说："关于中国知识分子的历史性格与命运，除了反右、文革、上山下乡之外，《儒林外史》里已经全有了。"

　　这番话，我以后愈想愈觉得意味深长。以往我们研究《儒林外史》，往往只将眼光局限在小说反映时代这一"断代"的框子里，从吴敬梓的艺术和十八世纪的现实的关系上观照一切，却疏忽了这一刻画时代的卓越艺术中的历时性，即这部十八世纪的艺术的社会史的历史的传承的内涵。吴敬梓的艺术感兴大致说来是由他同时代的知识分子的各种色相触发出来的；十八世纪的知识分子不是从天而降的，至少还有双倍的十八世纪的历史重负压在他们身上。这些历史内涵不能不凝缩而变形地透

现在吴敬梓同时代的知识分子的色相里。不细辨这一历史的传承关系，既无以深入地把握吴敬梓小说里的艺术的现实，也就无以理解小说艺术力量的历时性。我想，这或许正是鲁迅所慨叹的"然而留学生漫天塞地以来，这部书（《儒林外史》）就好像不永久，也不伟大了"一语的真正涵义。

因为《儒林外史》是中国知识分子性格和命运的历史积聚的造像，这才能成为现代中国知识分子各种色相的参照系和透视现实灵魂的历史的镜子。《儒林外史》不仅在当时，人读之"乃觉日用酬酢之间，无往而非《儒林外史》"（卧闲草堂本评语），今天也还是。

我以前还觉得，吴敬梓把旧时代知识分子的各种色相都写到了，唯一的缺憾是没有写上知识分子卖友求荣、自己整自己同伙的典型事例和典型性格，只在匡超人身上略略给了点信息。我没有能如吴组缃先生那样睿智地想到那时没有"反右""文革"这类刺激着知识分子做出更不堪的下作行动的环境和条件，所以只能在文人相轻和功利小处作点贩卖。

本书是探索中国士文化传统及其文化性格形成史的专著，我与作者胡益民和周月亮二位有过深浅不等的交往，深佩他们的识力，特别是深佩他们的探索路子，正好能补偿以往对《儒林外史》中知识分子性格和命运的历史内涵探索之不足。本书从中国知识分子的历史环境下所形成的一般的精神特征入手，是溯远源；继以讨论封建统治者用以牢笼知识分子的科举制度对文人的影响，是溯近源；再具体分析吴敬梓笔下的知识分子的各种类型，由抽象至具体，目的都在解释中国知识分子过去之所以是这样一回事，自然也就从过去而昭示了后来的知识分子会是怎样一回事。弄清这个历史传承的意义，就不待我来饶舌了。

较之"显学"《红楼梦》的研究之繁荣，《儒林外史》的研究显得相当冷落。不过，《儒林外史》也确实更难研究，但绝不是无可研究，至少不比《红楼梦》的研究余地小。之所以说它难研究，是因为，凡研究者自己也都是知识分子，挖下去是要挖到自己的。研究自我向来难于研究身外的客观现象，因而，从宏观说声光电化的发明发现可以深广之于无穷，而人学却跨出跬步亦为难，这机制是相同的。

所以，我感佩胡、周二位的努力，并盼望从此更能扩大、深入现有的成果。

1995 年

先觉者吴敬梓和"前卫"型小说《儒林外史》

——为《儒林外史菁华》所作的前言

　　鲁迅在《中国小说史略》中说，中国旧小说中有不少讥嘲人生、抨击世情的书，但只有《儒林外史》才称得上是完善意义的讽刺小说。后来又在《叶紫作〈丰收〉序》里说："《儒林外史》作者的手段何尝在罗贯中下，然而留学生漫天塞地以来，这部书就好像不永久，也不伟大了。伟大也要有人懂。"这番话是慨叹人们轻忽了《儒林外史》这部伟大而生命力永不衰竭的小说的。

　　拿它和同时代出现的伟大小说《红楼梦》相比，《儒林外史》要被冷落得多。这里面原因很多，但其中很重要的一条，是世人读小说常被戏剧性的情节所吸住，《儒林外史》恰巧是全书没有一个贯穿始终的情节结构，正如鲁迅所说："全书无主干，仅驱使各种人物，行列而来，事与其来俱起，亦与其去俱讫，虽云长篇，颇同短制。"亦即另一学者吴组缃称之为"连环短篇"这样一种建构。吴敬梓为了使小说更广泛地反映和评判现实生活，蓄意打破传统小说的侧重故事的系统和完整的格局，创造了一种类似现代西方小说的"生活流"的新形式。这种写法正像作者引领着读者一路巡览社会生活的各种场景，看了一个又一个，使各种人间现象一一呈现，各种人物自己显露出本相；人物和行为的该褒该贬，由读者自己做出，当然，作者对他所提供的生活现象的是非爱憎，是隐藏在他的绘写之中的。

胡适曾说吴敬梓的文学手段比曹雪芹高明，这是他的一家之见。将两部名著判定孰高孰低是不科学的，不能说没有偏私；但吴敬梓是宋明以来白话小说作家中传统文化学养最丰厚，理性思维最出众的一位，大概是没有问题的。以小说艺术言，《红楼梦》无疑堪称中国传统小说的顶峰，但它毕竟是从《金瓶梅》以来人情小说的轨道上发展而来的结果，或可说是光辉的总结。《儒林外史》则不论意象或形象结构都是开创型或"先锋型"的。它开创了一条小说直接干预现实生活的流脉，后来出现的《官场现形记》《二十年目睹之怪现状》《孽海花》《海上花列传》等谴责小说，不论命意或结构，都是《儒林外史》的模仿。《海上花列传》的作者韩邦庆就不讳言结构方法的来由，说"全书笔法自谓从《儒林外史》脱化出来"。只是学生不如老师，后来的谴责小说都是《儒林外史》的劣化——虽然在晚清仍是几部可读的小说。

评论家们，从吴敬梓的朋友程晋芳起，都论定《儒林外史》是反对科举制度的小说，这当然不错。吴敬梓用人物形象揭示了科举取士制度压抑、扭曲了知识分子的灵魂，训练出一群废物，成了社会进步的负面人物。但《儒林外史》所诉述的远不止此，吴敬梓是以小说形式清醒地揭示了中国传统文化危机的第一人。这种痼疾性的危机是通过对各式知识分子的灵魂拷问，通过城乡各种场景中人物的精神颓败的绘写表述出来的。对这种文化危机的警觉，直到一百年后，在中国社会转型期中，才由龚自珍以诗歌和评论大声呼喊出来。

为什么吴敬梓会成为洞察危机的先知，这和他所处的时代和他的生平经历有关，让我们先了解一下他生平的大概。

吴敬梓（1701—1754），安徽全椒人。字敏轩，又字粒民；因他的书斋称"文木山房"，晚年自号文木老人；又因为从家乡全椒迁移在南京，定居于秦淮河上，故又自称秦淮寓客。祖上移籍到全椒以前，原居于江苏六合。从吴敬梓的曾祖一辈起，累世科甲鼎盛。曾祖吴国对是顺治十五年（1658）进士殿试第三名，俗称探花，和著名诗人王士禛同榜，官至翰林院侍读，提督顺天学政。祖父一辈吴晟是康熙十五年（1676）进士，吴舅是康熙三十年（1691）榜眼（进士殿试第二名）。吴敬梓的亲祖父吴旦以太学生考授州同知。父亲吴霖起是康熙二十五年（1686）的拔贡，曾任江苏赣榆县教谕；但一说吴敬梓的生父是吴雯延，把他过继给长房吴霖起为嗣，这点研究者尚有争论，但似可不必细究，对我们理解作家、作品的关系不大。总之，吴家是缙绅世家，六十多年中一家有进士、举人等功名和出仕的官员十四五人，贡生秀才还不计在内，这是中国从隋唐实行科举取士制度以来都罕见的。

吴霖起死于吴敬梓考取秀才的雍正元年（1723），其时吴敬梓二十三岁。吴家这个大家庭虽然表面上仍繁荣旺盛，但子弟良莠不齐，已呈现出败落的迹象。吴霖起一死，近族亲戚、豪奴门客相互勾结，纷纷来攘夺吴敬梓的财产，发生了吴敬梓后来在《移家赋》中所追叙的"兄弟参商，宗族诟谇"的夺产纠纷。这事给了青年吴敬梓以极大的刺激，使他看清了封建官僚家族伦常道德的虚伪性质。那些开口孔孟、闭口仁义的衣冠人物的丑恶灵魂，在这位敏感的青年眼里暴露无遗，吴敬梓因而萌生了和那些仰仗门第和祖产混迹人间的庸俗之辈分道扬镳的念头。从此决意离开故乡，告别这些可厌的人们，追求理想的人生。于是肆意挥霍家产，三十岁以前就将田产房屋变卖净尽。这之间还被人勒掯诈骗，他的财产是半出卖半被骗地送光的，

《儒林外史》中杜少卿破家的描写大体就是吴敬梓的自况。吴敬梓因此被认为是没出息的败家子的典型，招来庸夫俗子的嘲笑，如他在《减字木兰花》一词中所说的"田庐卖尽，乡里传为子弟戒"，在家乡人的白眼和炎凉的世态中，他傲然于三十三岁时移家南京，开始了卖文生涯。三十六岁，曾被地方官府举荐参加博学鸿词的考试，这是清朝前期为有学问有声望的文人所设的一种荣誉性考试，被举荐者称为"征君"，备受荣宠。但吴敬梓只参加了省试，就托病辞去了征辟。因为他在家乡这些年同各种上层人物的交往中，已经看透了衣冠中人的虚伪、颠顶、情操低劣、精神颓败，不愿与之为伍，只能独善其身。《儒林外史》就是观察世相、体验人生的艺术结晶："既多据自所闻见，而笔又足以达之，故能烛幽索隐，物无遁形，凡官师、儒者、名士、山人，间亦有市井细民，皆现身纸上，声态并作，使彼世相，如在目前。"（鲁迅《中国小说史略》）从小说的整体形象，人们可以认知这个社会的颓败，并透露出传统文化的危机之深重。吴敬梓也企图设计出挽救社会和文化危机的方案，这点将在后文稍加解释。

《儒林外史》之外，吴敬梓一世还创作了许多诗、词、文、赋，部分汇入在《文木山房集》中，上世纪又零星地发现了他的一些佚诗、佚文；另有研究《诗经》的《诗说》七卷，也已于不久前发现了原稿。但这些著作的价值和影响，都远不能和《儒林外史》相比。

《儒林外史》假托描叙明代故事，除了第一回"楔子"是写元明易代之际的王冕故事外，正文从明宪宗成化（1465—1487）末年写到神宗万历二十三年（1595）为止，其实小说所展示的是清朝中叶十八世纪的社会风俗画和国民心灵史。小说从周进、范进等寒士发迹，揭露科场扭曲文人的灵魂的悲剧性的喜剧写起，陆续刻画了颟顸贪暴的官员胥吏，武断乡曲的劣绅士豪，迂腐鄙陋的八股儒士，追名逐利的野鸡名士，附庸风雅的纨绔公子，闯荡江湖的厚颜恶少，吃喝撞骗的各色帮闲，趋炎附势的商贾细民，乃至星相术士、和尚道士、优伶娼妓，多角度全方位地收摄了几乎各种社会群集的色相。吴敬梓的表现方法是，作者不从旁评价人物及其行为，而是让人物将自己的行为和灵魂向读者曝光。吴敬梓从不依仗苛细的描写和冗长的分析，只抓住人物喜剧性的刹那，让那些作伪者露出真相，让吹牛大王自出洋相，让可笑的人物正在得意忘形之际暴露其可笑亦复可怜的本相。只消三笔两笔，人物就活起来了，人物的行为包括心理活动都跃然纸上，吴敬梓确是刻画人物性格的大师，《儒林外史》这幅社会风俗画便是靠人物的鲜活撑持起来的。关于这些，读者自能在阅读时感知，毋庸在此解释，也无法一一解释。

只有一点需要特别提示：中国古代几乎所有的小说，包括艺术成就最高的《红楼梦》在内，所有的人物性格十之八九都是一出场就定了型的，只是在以后的情节发展中使原来的性格更丰富、更完整罢了。《儒林外史》中的许多重要人物却是在发展中完成其性格塑造的，这就更合于人物在环境中形成其性格的生活逻辑。如穷酸潦倒时的周进、范进们，一到功名显达之后，气度派头就大不一样。最鲜明的性格发展的例子是匡超人（牛浦郎亦然），这个本来是忠厚谨慎的乡村小知识分子，经过和猾吏潘三混了一阵，又和杭州的一批野鸡名士交游了一阵，环境的感染使这个本分的青年一下子变成了忘恩负义、停妻再娶、吹牛不打草稿的卑劣之徒，前后迥若两人，但细想这种性格的发展变化，是完全合于生活规律的。

吴敬梓的讽刺艺术主要是揭露这个封建末世的社会的颓败，风俗的浇漓，道德的陵夷，这一切都可归总根于传统文化的危机。目睹这社会的痼疾，吴敬梓努力追索拯救的方略。但在儒家思想熏沐下成长的他，受时代的限制，只能从恢复三代礼治的空幻的理想上求出路，小说后半部的祭泰伯祠，平少保和汤镇台的靖边，萧云仙青枫城兴修水利和办学等情节，以古儒所提倡的礼、乐、兵、农来拯救社会。这当然是绝无可能的空想，但今人无权责怪吴敬梓，十八世纪的现实和思想材料没有给他提供更合理的改造社会的出路图景。

十八世纪的吴敬梓能站在丰富坚实的生活基础上，高瞻远瞩而又细微深刻地剖析这个社会的痼疾，已经是了不起的成就了。更可贵的是，《儒林外史》有当时十分珍异的近代人文主义的思想素质，特别表述在他对几个心爱人物的描写上。他浓墨重彩地叙写了身居高位的向鼎和下贱的优伶鲍文卿的生死之交。这是摒除阶级隔阂，贵贱攸分的人与人平等的交往，这一歌赞人格平等，向往人的尊严的部分，是吴敬梓饱含激情抒写的部分，也是最令人泣感的精彩部分，也是这以前中国小说所未见的。

吴敬梓也未始不知道他的以礼乐兵农救治社会的方案是行不通的。从他在小说的结尾将维系社会风雅即文化命运的责任寄托给市井中的四位奇人，不仅透露了他的平民视野即人文主义精神，也表明他对追求恢复三代之隆的理想的失望。因此，书中的某些脱离现实的虚幻理想，不足以构成这部伟大的讽刺小说的重大缺陷，《儒林外史》无愧于中国古代小说中伟大经典的称号。

《儒林外史》向有五十回、五十五回、五十六回三说；据吴敬梓的姻亲晚辈金和称，它最早刻印于乾隆三十三年至四十三四年（1768—1779）间，但现在见到的最早本子是嘉庆八年

（1803）的卧闲草堂五十六回本。有的研究者认为末回是伪作，也有人说第三十七回《送孝子西蜀寻亲》至第四十回《萧云仙广武山赏雪》是他人掺入的伪作，但都无实证。不过这几回确是写得较差的，比起其他部分的形象饱满笔致出神来，被称为伪作的部分，艺术上确实逊色得多。

《儒林外史》不但是中国流传较广的小说，它也是世界性的小说精品，十九世纪末起，它已先后被译成英、法、德、俄、日、越南诸种民族语言的本子。世界各国的大型百科全书都有对《儒林外史》的条目，给以极高的评价，所以它也是中国文学的骄傲。

2001 年 9 月

何满子先生签名印章

吴敬梓与《儒林外史》原生态

——序顾鸣塘《〈儒林外史〉与江南士绅生活》

对于任一具体作品，文学批评的任务是通过解读文本揭示其美学的历史的价值；因此，文本解读的精确度和深刻度决定文艺批评的质量。文本解读可以从各种角度切入，或从创作主体的风格特征、人生关注、感情态度、创作方法的剖析入手；或从创作对象即形象中所蕴涵的生活的诸多方面，现实的和历史的各层面的阐发着眼。但取径虽然多方，约而言之却不外两途：一是孟子所说的"以意逆志"法，即从作家所诉求的种种情状追溯他所钟情的人生问题及其所面对的客观世界；一是伯乐《相马经》所说的"按图索骥"法，即从作品所以产生的社会环境和人文状貌论证作家如何将生活转化为艺术。这两种路数自然会有交叉，有重叠，但其批评建构和基本倾向却是显然有所区别的。《〈儒林外史〉与江南士绅生活》一书的作者顾鸣塘所择取的为后一种路数。

这种方法必须对产生作品的社会状况了然于胸，论证中要掌握大量材料乃至精确的统计指数，才得以阐明制度性的和运行性的社会人文生态，进而观照鉴别对象的形象合理性、真实性和合于美学比例的程度。它的优势是，可以排除游谈无根和向壁逗臆；但稍一不慎也易走入误区，因耽爱资料而失于节制，陷入烦琐考据和议论枝蔓；或醉心于从资料去发微索隐，于是便从别一岔道与游谈臆测会合。在《红楼梦》研究领域，人们对这种畸形现象见得太多了。

堪欣喜的是，本书作者避免了烦琐和枝蔓，也不分心于比附与索隐。本书所论证和据以论证的材料，是环绕《儒林外史》及其作者吴敬梓的原生态，紧扣着小说的形象，论列了各色人物的活动空间，从而疏通了小说形象和生活实际之间的关联和呼应。既以人生实况印证了小说人物和情节之所以如此如彼的因由，也时刻在显示制度性和运行性的社会人文状况时，以小说人物的行为和言谈做出反证，使艺术与人生互相映衬而彼此都得以彰显。由于本书所提供的当时社会环境和人文状貌的完备和翔实，纲目毕具，遂使本书不仅大有裨于解读《儒林外史》，而且也使本书自身成了清代早中期社会性质的百科式的论著。

本书论证的重点也和吴敬梓小说所主诉的内容同向。书中第三章关于科举取士制度的程式、运作，以及竞逐于这一制度下的士子心态的论叙，是全书篇幅最多、情况最周备的部分；割取出来便可成一本介绍科举制度的专书。吴敬梓嫉视科举和时文，甚于别的各种社会弊害，显然由于社会文化的承担者的儒林群体，统统受这个制度的牢笼和荼毒，人格被扭曲，因而导致了文化的偏枯和颓败。吴敬梓将此视为一切文化弊病乃至社会弊害的总根而给以辛辣的讽刺。正是儒林中人的颓败以及远不止是儒林的颓败，使吴敬梓敏锐地察觉出传统文化的深重危机。《儒林外史》的深层内容，便是从这大群可笑可悲的人物活动的背后所透露出来的社会—文化危机。

吴敬梓是封建末世察觉了传统文化危机的第一位智者，其历史作用如用世界范围的杰出人物来比拟，则正像欧洲中世纪意大利诗人但丁之提早发出了呼召文艺复兴的先声。吴敬梓比龚自珍提早了一百年发出"万马齐喑究可哀"那样的沉重叹息。

然而，在吴敬梓忧心忡忡地公心讽世时，中国大地上的秀才们，官员们，绅士们，清客们，斗方名士们，优倡皂隶以及上上下下各阶层各行业的芸芸众生，正如《儒林外史》所描写的，却在扰扰攘攘，孜孜矻矻，晕头转向，煞有介事地奔走着他们的功名、权位、浮名和各色各样的利益，社会在沉沦、在陵夷，却仍如常地运转着，和往昔毫无异样。本书所提供的，便是这个社会图景，它的风貌、风习，包括制度性的和运行性的诸种色相。

(原载《文汇读书周报》2004 年 9 月 3 日)

何满子先生书房印章

国家新闻出版广电总局
首届向全国推荐中华优秀传统文化普及图书

‖大家小书书目

国学救亡讲演录　　　　　　　章太炎　著　蒙　木　编

门外文谈　　　　　　　　　　鲁　迅　著

经典常谈　　　　　　　　　　朱自清　著

语言与文化　　　　　　　　　罗常培　著

习坎庸言校正　　　　　　　　罗　庸　著　杜志勇　校注

鸭池十讲（增订本）　　　　　罗　庸　著　杜志勇　编订

古代汉语常识　　　　　　　　王　力　著

国学概论新编　　　　　　　　谭正璧　编著

文言尺牍入门　　　　　　　　谭正璧　著

日用交谊尺牍　　　　　　　　谭正璧　著

敦煌学概论　　　　　　　　　姜亮夫　著

训诂简论　　　　　　　　　　陆宗达　著

金石丛话　　　　　　　　　　施蛰存　著

常识　　　　　　　　　　　　周有光　著　叶　芳　编

文言津逮　　　　　　　　　　张中行　著

经学常谈　　　　　　　　　　屈守元　著

国学讲演录　　　　　　　　　程应镠　著

英语学习　　　　　　　　　　李赋宁　著

中国字典史略　　　　　　　　刘叶秋　著

语文修养　　　　　　　　　　刘叶秋　著

笔祸史谈丛　　　　　　　　　黄　裳　著

古典目录学浅说　　　　　　　来新夏　著

闲谈写对联　　　　　　　　　白化文　著

汉字知识　　　　　　　　　　郭锡良　著

怎样使用标点符号（增订本）　苏培成　著

汉字构型学讲座　　　　　　　王　宁　著

诗境浅说   俞陛云 著

唐五代词境浅说   俞陛云 著

北宋词境浅说   俞陛云 著

南宋词境浅说   俞陛云 著

人间词话新注   王国维 著 滕咸惠 校注

苏辛词说   顾 随 著 陈 均 校

诗论   朱光潜 著

唐五代两宋词史稿 郑振铎 著

唐诗杂论   闻一多 著

诗词格律概要   王 力 著

唐宋词欣赏   夏承焘 著

槐屋古诗说   俞平伯 著

词学十讲   龙榆生 著

词曲概论   龙榆生 著

唐宋词格律   龙榆生 著

楚辞讲录   姜亮夫 著

读词偶记   詹安泰 著

中国古典诗歌讲稿 浦江清 著

           浦汉明 彭书麟 整理

唐人绝句启蒙   李霁野 著

唐宋词启蒙   李霁野 著

唐诗研究   胡云翼 著

风诗心赏   萧涤非 著 萧光乾 萧海川 编

人民诗人杜甫   萧涤非 著 萧光乾 萧海川 编

唐宋词概说   吴世昌 著

宋词赏析   沈祖棻 著

唐人七绝诗浅释   沈祖棻 著

道教徒的诗人李白及其痛苦 李长之 著

英美现代诗谈   王佐良 著 董伯韬 编

闲坐说诗经   金性尧 著

陶渊明批评   萧望卿 著

古典诗文述略   吴小如 著

诗的魅力

      ——郑敏谈外国诗歌   郑 敏 著

新诗与传统   郑 敏 著

一诗一世界   邵燕祥 著

舒芜说诗   舒 芜 著

名篇词例选说   叶嘉莹 著

汉魏六朝诗简说   王运熙 著 董伯韬 编

唐诗纵横谈   周勋初 著

楚辞讲座   汤炳正 著

                                汤序波 汤文瑞 整理

好诗不厌百回读   袁行霈 著

山水有清音

      ——古代山水田园诗鉴要   葛晓音 著

红楼梦考证   胡 适 著

《水浒传》考证   胡 适 著

《水浒传》与中国社会   萨孟武 著

《西游记》与中国古代政治   萨孟武 著

《红楼梦》与中国旧家庭   萨孟武 著

《金瓶梅》人物   孟 超 著 张光宇 绘

水泊梁山英雄谱   孟 超 著 张光宇 绘

水浒五论   聂绀弩 著

《三国演义》试论   董每戡 著

《红楼梦》的艺术生命   吴组缃 著 刘勇强 编

《红楼梦》探源   吴世昌 著

《西游记》漫话   林 庚 著

史诗《红楼梦》   何其芳 著

                                王叔晖 图 蒙 木 编

细说红楼   周绍良 著

红楼小讲   周汝昌 著 周伦玲 整理

曹雪芹的故事	周汝昌 著	周伦玲 整理
古典小说漫稿	吴小如 著	
三生石上旧精魂		
——中国古代小说与宗教	白化文 著	
《金瓶梅》十二讲	宁宗一 著	
中国古典小说名作十五讲	宁宗一 著	
古体小说论要	程毅中 著	
近体小说论要	程毅中 著	
《聊斋志异》面面观	马振方 著	
《儒林外史》简说	何满子 著	
我的杂学	周作人 著	张丽华 编
写作常谈	叶圣陶 著	
中国骈文概论	瞿兑之 著	
谈修养	朱光潜 著	
给青年的十二封信	朱光潜 著	
论雅俗共赏	朱自清 著	
文学概论讲义	老 舍 著	
中国文学史导论	罗 庸 著	杜志勇 辑校
给少男少女	李霁野 著	
古典文学略述	王季思 著	王兆凯 编
古典戏曲略说	王季思 著	王兆凯 编
鲁迅批判	李长之 著	
唐代进士行卷与文学	程千帆 著	
说八股	启 功 张中行 金克木 著	
译余偶拾	杨宪益 著	
文学漫识	杨宪益 著	
三国谈心录	金性尧 著	
夜阑话韩柳	金性尧 著	
漫谈西方文学	李赋宁 著	
历代笔记概述	刘叶秋 著	

周作人概观　　　　　　　　　舒　芜　著

古代文学入门　　　　　　　　王运熙　著　董伯韬　编

有琴一张　　　　　　　　　　资中筠　著

中国文化与世界文化　　　　　乐黛云　著

新文学小讲　　　　　　　　　严家炎　著

回归，还是出发　　　　　　　高尔泰　著

文学的阅读　　　　　　　　　洪子诚　著

中国文学1949—1989　　　　　洪子诚　著

鲁迅作品细读　　　　　　　　钱理群　著

中国戏曲　　　　　　　　　　么书仪　著

元曲十题　　　　　　　　　　么书仪　著

唐宋八大家
　　　——古代散文的典范　　　葛晓音　选译

辛亥革命亲历记　　　　　　　吴玉章　著

中国历史讲话　　　　　　　　熊十力　著

中国史学入门　　　　　　　　顾颉刚　著　何启君　整理

秦汉的方士与儒生　　　　　　顾颉刚　著

三国史话　　　　　　　　　　吕思勉　著

史学要论　　　　　　　　　　李大钊　著

中国近代史　　　　　　　　　蒋廷黻　著

民族与古代中国史　　　　　　傅斯年　著

五谷史话　　　　　　　　　　万国鼎　著　徐定懿　编

民族文话　　　　　　　　　　郑振铎　著

史料与史学　　　　　　　　　翦伯赞　著

秦汉史九讲　　　　　　　　　翦伯赞　著

唐代社会概略　　　　　　　　黄现璠　著

清史简述　　　　　　　　　　郑天挺　著

两汉社会生活概述　　　　　　谢国桢　著

中国文化与中国的兵　　　　　雷海宗　著

元史讲座　　　　　　　　　　韩儒林　著

魏晋南北朝史稿　　　　　　　　贺昌群　著

汉唐精神　　　　　　　　　　　贺昌群　著

海上丝路与文化交流　　　　　　常任侠　著

中国史纲　　　　　　　　　　　张荫麟　著

两宋史纲　　　　　　　　　　　张荫麟　著

北宋政治改革家王安石　　　　　邓广铭　著

从紫禁城到故宫

　　——营建、艺术、史事　　　单士元　著

春秋史　　　　　　　　　　　　童书业　著

明史简述　　　　　　　　　　　吴　晗　著

朱元璋传　　　　　　　　　　　吴　晗　著

明朝开国史　　　　　　　　　　吴　晗　著

旧史新谈　　　　　　　　　　　吴　晗　著　习　之　编

史学遗产六讲　　　　　　　　　白寿彝　著

先秦思想讲话　　　　　　　　　杨向奎　著

司马迁之人格与风格　　　　　　李长之　著

历史人物　　　　　　　　　　　郭沫若　著

屈原研究（增订本）　　　　　　郭沫若　著

考古寻根记　　　　　　　　　　苏秉琦　著

舆地勾稽六十年　　　　　　　　谭其骧　著

魏晋南北朝隋唐史　　　　　　　唐长孺　著

秦汉史略　　　　　　　　　　　何兹全　著

魏晋南北朝史略　　　　　　　　何兹全　著

司马迁　　　　　　　　　　　　季镇淮　著

唐王朝的崛起与兴盛　　　　　　汪　篯　著

南北朝史话　　　　　　　　　　程应镠　著

二千年间　　　　　　　　　　　胡　绳　著

论三国人物　　　　　　　　　　方诗铭　著

辽代史话　　　　　　　　　　　陈　述　著

考古发现与中西文化交流　　　　宿　白　著

清史三百年　　　　　　　　　　戴　逸　著

清史寻踪	戴逸 著
走出中国近代史	章开沅 著
中国古代政治文明讲略	张传玺 著
艺术、神话与祭祀	张光直 著
	刘静 乌鲁木加甫 译
中国古代衣食住行	许嘉璐 著
辽夏金元小史	邱树森 著
中国古代史学十讲	瞿林东 著
历代官制概述	瞿宣颖 著

宾虹论画	黄宾虹 著
中国绘画史	陈师曾 著
和青年朋友谈书法	沈尹默 著
中国画法研究	吕凤子 著
桥梁史话	茅以升 著
中国戏剧史讲座	周贻白 著
中国戏剧简史	董每戡 著
西洋戏剧简史	董每戡 著
俞平伯说昆曲	俞平伯 著 陈均 编
新建筑与流派	童寯 著
论园	童寯 著
拙匠随笔	梁思成 著 林洙 编
中国建筑艺术	梁思成 著 林洙 编
沈从文讲文物	沈从文 著 王风 编
中国画的艺术	徐悲鸿 著 马小起 编
中国绘画史纲	傅抱石 著
龙坡谈艺	台静农 著
中国舞蹈史话	常任侠 著
中国美术史谈	常任侠 著
说书与戏曲	金受申 著
世界美术名作二十讲	傅雷 著

中国画论体系及其批评   李长之 著

金石书画漫谈   启 功 著 赵仁珪 编

吞山怀谷

    ——中国山水园林艺术   汪菊渊 著

故宫探微   朱家溍 著

中国古代音乐与舞蹈   阴法鲁 著 刘玉才 编

梓翁说园   陈从周 著

旧戏新谈   黄 裳 著

民间年画十讲   王树村 著 姜彦文 编

民间美术与民俗   王树村 著 姜彦文 编

长城史话   罗哲文 著

天工人巧

    ——中国古园林六讲   罗哲文 著

现代建筑奠基人   罗小未 著

世界桥梁趣谈   唐寰澄 著

如何欣赏一座桥   唐寰澄 著

桥梁的故事   唐寰澄 著

园林的意境   周维权 著

万方安和

    ——皇家园林的故事   周维权 著

乡土漫谈   陈志华 著

现代建筑的故事   吴焕加 著

中国古代建筑概说   傅熹年 著

简易哲学纲要   蔡元培 著

大学教育   蔡元培 著

         北大元培学院 编

老子、孔子、墨子及其学派   梁启超 著

春秋战国思想史话   嵇文甫 著

晚明思想史论   嵇文甫 著

新人生论   冯友兰 著

中国哲学与未来世界哲学　　　　　冯友兰　著

谈美　　　　　　　　　　　　　　朱光潜　著

谈美书简　　　　　　　　　　　　朱光潜　著

中国古代心理学思想　　　　　　　潘　菽　著

新人生观　　　　　　　　　　　　罗家伦　著

佛教基本知识　　　　　　　　　　周叔迦　著

儒学述要　　　　　　　　　　　　罗　庸　著　杜志勇　辑校

老子其人其书及其学派　　　　　　詹剑峰　著

周易简要　　　　　　　　　　　　李镜池　著　李铭建　编

希腊漫话　　　　　　　　　　　　罗念生　著

佛教常识答问　　　　　　　　　　赵朴初　著

维也纳学派哲学　　　　　　　　　洪　谦　著

大一统与儒家思想　　　　　　　　杨向奎　著

孔子的故事　　　　　　　　　　　李长之　著

西洋哲学史　　　　　　　　　　　李长之　著

哲学讲话　　　　　　　　　　　　艾思奇　著

中国文化六讲　　　　　　　　　　何兹全　著

墨子与墨家　　　　　　　　　　　任继愈　著

中华慧命续千年　　　　　　　　　萧萐父　著

儒学十讲　　　　　　　　　　　　汤一介　著

汉化佛教与佛寺　　　　　　　　　白化文　著

传统文化六讲　　　　　　　　　　金开诚　著　金舒年　徐令缘　编

美是自由的象征　　　　　　　　　高尔泰　著

艺术的觉醒　　　　　　　　　　　高尔泰　著

中华文化片论　　　　　　　　　　冯天瑜　著

儒者的智慧　　　　　　　　　　　郭齐勇　著

中国政治思想史　　　　　　　　　吕思勉　著

市政制度　　　　　　　　　　　　张慰慈　著

政治学大纲　　　　　　　　　　　张慰慈　著

民俗与迷信　　　　　　　　　　　江绍原　著　陈泳超　整理

政治的学问　　　　　　　　　　钱端升　著　钱元强　编
从古典经济学派到马克思　　　　陈岱孙　著
乡土中国　　　　　　　　　　　费孝通　著
社会调查自白　　　　　　　　　费孝通　著
怎样做好律师　　　　　　　　　张思之　著　孙国栋　编
中西之交　　　　　　　　　　　陈乐民　著
律师与法治　　　　　　　　　　江　平　著　孙国栋　编
中华法文化史镜鉴　　　　　　　张晋藩　著
新闻艺术（增订本）　　　　　　徐铸成　著
经济学常识　　　　　　　　　　吴敬琏　著　马国川　编

中国化学史稿　　　　　　　　　张子高　编著
中国机械工程发明史　　　　　　刘仙洲　著
天道与人文　　　　　　　　　　竺可桢　著　施爱东　编
中国医学史略　　　　　　　　　范行准　著
优选法与统筹法平话　　　　　　华罗庚　著
数学知识竞赛五讲　　　　　　　华罗庚　著
中国历史上的科学发明（插图本）钱伟长　著

出版说明

"大家小书"多是一代大家的经典著作,在还属于手抄的著述年代里,每个字都是经过作者精琢细磨之后所拣选的。为尊重作者写作习惯和遣词风格、尊重语言文字自身发展流变的规律,为读者提供一个可靠的版本,"大家小书"对于已经经典化的作品不进行现代汉语的规范化处理。

提请读者特别注意。

文津出版社